ふたりはマーメイド

魔法《まほう》のイヤリングで人魚《にんぎょ》に変身《へんしん》!?

作◆青山《あおやま》そらら
絵◆子兎《こうさぎ》。

はじめてできた、
人魚《にんぎょ》の友《とも》だち。

その子《こ》がくれたのは、
キラキラ光《ひか》る
魔《ま》法《ほう》のイヤリング。

耳《みみ》につけたらほら……
わたしもマーメイドに変身《へんしん》!?
いっしょに海《うみ》を泳《およ》いで、
さあ行《い》こう!

ふしぎで夢《ゆめ》いっぱいの、
虹色《にじいろ》にかがやく
マーメイドの世界《せかい》へ――！

ふたりはマーメイド

キャラクター紹介《しょうかい》

ララ

明《あか》るくて元気《げんき》いっぱいなダイヤモンド王国《おうこく》の人魚姫《にんぎょひめ》。スターマーメイドを目指《めざ》している。**好《す》きなこと** おいしいスイーツを食《た》べること **苦手《にがて》なこと** 魔《ま》法《ほう》を使《つか》うこと

リボン

ララと仲良《なかよ》しな虹色《にじいろ》のフリル・フィッシュ。キラキラしたものが大好《だいす》き。

ルカ

やさしくてがんばりやな人間《にんげん》の女《おんな》の子《こ》。家《いえ》はアイスクリーム屋《や》さん。**好《す》きなこと** アクセサリーづくり **苦手《にがて》なこと** 泳《およ》ぐこと

マリア王妃《おうひ》（ララのママ）

美人《びじん》でやさしくて、いつもニコニコしている。

ルイス王《おう》（ララのパパ）

ダイヤモンド王国《おうこく》の国王《こくおう》。きびしい性格《せいかく》で人間《にんげん》ぎらい。

クリスタル学園《がくえん》の仲間《なかま》たち

イブ

もの知《し》りでクイズが好《す》きな男《おとこ》の子《こ》。魔法《まほう》がとくい。

サリー

おっとりした性格《せいかく》のララの友《とも》だち。占《うらな》いがとくい。

シオン

エメラルド王国《おうこく》の王子《おうじ》で、ララの幼《おさな》なじみ。泳《およ》ぎがとくい。

クリスタル学園《がくえん》って

人魚《にんぎょ》の世界《せかい》のエリート「スターマーメイド」を目指《めざ》すための学校《がっこう》だよ！

アンナ先生《せんせい》

クリスタル学園《がくえん》の先生《せんせい》。ふだんはおだやかだけれど、怒《おこ》ると怖《こわ》い。

プロローグ……2

1 ネックレスの落《お》としもの……10

2 人《にん》魚《ぎょ》の友《とも》だち……28

3 ダイヤモンド王《おう》国《こく》へようこそ……46

4 お城《しろ》のティーパーティー……68

5 クリスタル学《がく》園《えん》……88

6 落《お》ちこぼれプリンセス……104

7 ふたりでいっしょに……120

8 トレジャーテスト……137
9 迷《まい》子《ご》のリボン……150
10 大《だい》ピンチ！……165
11 約《やく》束《そく》のアイスクリーム……178

サリーの占《うらな》いルーム……190
ララ&ルカのなかよし・コーディネート……192
ララ&ルカのマーメイド・コレクション……194
お手《て》紙《がみ》メモ&封《ふう》筒《とう》……195

ふたりはマーメイド
魔《ま》法《ほう》のイヤリングで人《にん》魚《ぎょ》に変《へん》身《しん》!?

1

ネックレスの落《お》としもの

「いらっしゃいませ！　『**ドルフィンアイス**』へようこそ！」

お客《きゃく》さんが入《はい》ってきたしゅんかん、ママが元気《げんき》よく声《こえ》をかけます。

「**いらっしゃいませ！**」

つづけてルカも、笑顔《えがお》であいさつをしました。

ルカの家《いえ》は、海辺《うみべ》の町《まち》にある人気《にんき》のアイスクリーム屋《や》さん。

毎日《まいにち》お店《みせ》でママとパパのお手伝《てつだ》い

ページの下《した》にミニクイズがあるよ。あなたは何問《なんもん》せいかいできるかな？

をしています。

「ご注文《ちゅうもん》は、なににしますか？」

ママがたずねると、お客《きゃく》さんはショーケースを見《み》てうーんと悩《なや》みました。

中《なか》には白《しろ》や水色《みずいろ》、ピンクにオレンジなど、色《いろ》とりどりのアイスクリームがならんでいます。

「どれもおいしそうで迷《まよ》っちゃうわ〜。このカラフルマジックって、

なにかしら？」

聞《き》かれてルカは答《こた》えました。

「こちらは新作《しんさく》のアイスです。いろんな味《あじ》が一度《いちど》にたのしめるので、おすすめですよ」

よし、ちゃんと言《い》えた！

ルカはお店《みせ》のアイスは全種類《ぜんしゅるい》食《た》べているので、味《あじ》やとくちょうもよーくわかっています。

最初《さいしょ》のころは、お客《きゃく》さんの前《まえ》できんちょうしていましたが、最近《さいきん》だいぶなれてきました。

「じゃあ、それとキャラメルポップをください」

★ミニクイズ１★　１年《ねん》の終《お》わりになくなる紙《かみ》ってなんだ？

注文《ちゅうもん》を聞《き》いたママは、さっそくアイスを2個《こ》カップに盛《も》りつけます。
そしてそこに、生《なま》クリームやクッキー、カラースプレーをトッピングして——。
あっというまにかわいいパフェ風《ふう》アイスができあがりました。
「まぁ、なんてかわいいの……！」
それにはお客《きゃく》さんも大《おお》よろこび。
このトッピングはお店《みせ》のサービスで、ママはデコレーションの達人《たつじん》なのです。
お客《きゃく》さんが帰《かえ》ったあと、コック

コートを着《き》たパパが、奥《おく》のキッチンから出《で》てきました。

「どうだい？　カラフルマジックの評判《ひょうばん》は」

パパはアイスづくりの名人《めいじん》で、新作《しんさく》のアイデアをいつも探《さが》しています。

「ふふ。大人《おとな》から子《こ》どもにまで大人気《だいにんき》よ」

ママが答《こた》えると、パパはほっとしたように笑《わら》いました。

「おぉ、それはよかった！」

明《あか》るくてしっかり者《もの》のママと、やさしいパパはとっても仲《なか》よし。

ルカはそんなママとパパが大好《だいす》きです。

すると、ママがたずねます。

「ルカ、明日《あした》の学校《がっこう》のじゅんびは終《お》わったの？」

ミニクイズ１の答《こた》え　カレンダー

「ううん。まだだよ」

「プールの水着《みずぎ》を忘《わす》れないように気《き》をつけてね」

それを聞《き》いて、ルカはハッとしました。

そっか！　明日《あした》からプールの授業《じゅぎょう》があるんだ。

でもわたし、泳《およ》げないんだよなぁ……。

考《かんが》えだしたら急《きゅう》に不安《ふあん》になってきました。

☆　☆　☆

次《つぎ》の日《ひ》。さっそく学校《がっこう》でプールの授業《じゅぎょう》がはじまりました。

じゅんび運動《うんどう》が終《お》わったところで、先生《せんせい》が声《こえ》をかけます。

「今《いま》からひとりずつ順番《じゅんばん》に泳《およ》いでもらいます。泳《およ》ぎかたはなんでもオッ

★ミニクイズ２★　しっぽが白《しろ》い動物《どうぶつ》はどんな性格《せいかく》？

ケーです」

なんと、さっそくみんなの前《まえ》で泳《およ》ぐことになってしまい、ルカはあせりました。

どうしよう。いきなり泳《およ》げなんて言《い》われても、むりだよ～！

びくびくしながら待《ま》っていると、あっというまにルカの順番《じゅんばん》がやってきました。

おそるおそる両手《りょうて》をのばして顔《かお》をつけ、体《からだ》を水《みず》に浮《う》かせます。

ルカは必死《ひっし》で足《あし》をバタバタ動《うご》かしました。

けれども、いっこうに前《まえ》に進《すす》みません。

うぅっ、やっぱりぜんぜん泳《およ》げない。

息《いき》も苦《くる》しいし、もうダメ……！

もがいていたら足《あし》がついてしまったので、けっきょく1メートルも進《すす》むことができませんでした。

ルカがプールから上《あ》がると、つづけてほかの子《こ》たちも次々《つぎつぎ》と泳《およ》いでいきます。

だけど、ルカのような子《こ》は見《み》あたらなくて、なんだか自分《じぶん》がはずかしくなってきます。

もしかして、クラスでまったく泳《およ》げないのは、わたしだけ……？

ミニクイズ２の答《こた》え　おもしろい

すると、先生《せんせい》がまたみんなに呼《よ》びかけました。

「来週《らいしゅう》泳《およ》ぎのテストをします。みんな今《いま》より長《なが》く泳《およ》げるよう、練習《れんしゅう》をがんばってください！」

聞《き》いたとたん、ルカは顔《かお》が真《ま》っ青《さお》になります。

そんなっ。テストなんて、ぜったいビリになっちゃうよ……！

ただでさえ落《お》ちこんでいたのに、ますますゆううつな気持《きも》ちになってしまいました。

☆・☆・☆

学校帰《がっこうがえ》り、ルカは家《いえ》の近《ちか》くの砂浜《すなはま》へとやってきました。

悩《なや》みごとがあると、ルカはたびたび海《うみ》を見《み》にここへきます。

どこまでも広《ひろ》がるマリンブルーの海《うみ》を見《み》ていると、気持《きも》ちが晴《は》れるような気《き》がするからです。

「……はぁ」

白《しろ》い砂浜《すなはま》に腰《こし》をおろしたルカは、思《おも》わずため息《いき》をつきました。

プールのテスト、いやだなぁ。

その日《ひ》一日《いちにち》だけでいいから、泳《およ》ぎがじょうずになる魔法《まほう》があればいいのに……。

そんなことを考《かんが》えていると、波打《なみう》ちぎわでなにかがキラッと光《ひか》ったのが目《め》に入《はい》りました。

「**あれっ？**」

★ミニクイズ３★　忘《わす》れたことを思《おも》い出《だ》せる飲《の》みものってなんだ？

なんだろう。あそこになにか落《お》ちてる⁉

気《き》になったルカはとっさに立《た》ちあがり、かけよっていきます。

近《ちか》くで見《み》たらそれは、キラキラ光《ひか》るかわいいネックレスでした。

チャーム部分《ぶぶん》は星型《ほしがた》のクリスタルになっていて、真《ま》ん中《なか》に黄色《きいろ》い大《おお》きめのパールがはめこまれています。

チェーンの部分《ぶぶん》には、見《み》たことがない色《いろ》の貝《かい》がらやパールがならんでいて、思《おも》わずほしくなってしまいそうなほどすてきです。

わぁっ。なんてきれいなネックレスなんだろう。だれかの落《お》としものかな？

だけどルカがネックレスをひろいあげたとたん、ポロポロと貝《かい》がらやパールがこぼれ落《お》ちてきてしまいました。

たいへん！　チェーンが切《き》れちゃってる。

このままじゃ波《なみ》にさらわれちゃうよ！

あせったルカはネックレスを直《なお》すため、いったん家《いえ》に持《も》ち帰《かえ》ることにしました。


「うーん。やっぱりパーツがたりない……」

机《つくえ》の上《うえ》に置《お》いたネックレスをながめながら、ルカはうーんと悩《なや》みます。

どうやらチェーンの部分《ぶぶん》に通《とお》す貝《かい》がらや、パールの数《かず》がたりないようです。

中《なか》のワイヤーが見《み》えているので、なにかパーツを足《た》さないとスカスカに

★ミニクイズ４★　背中《せなか》に乗《の》せてもらうととっても楽《らく》ちんな動物《どうぶつ》ってなんだ？

なってしまいます。

「よしっ」

思《おも》い立《た》ったルカは、机《つくえ》の上《うえ》にある小《ちい》さなケースを開《あ》けました。

中《なか》には赤《あか》やピンク、紫《むらさき》などいろんな色《いろ》のビーズがたくさん入《はい》っています。

ルカはネックレスの色合《いろあ》いに合《あ》うよう、ビーズをいくつか選《えら》んでワイヤーに通《とお》しました。

これ、パーツの組《く》み合《あ》わせを変《か》えてみたら、もっとかわいくなるんじゃない？

そんなふうに考《かんが》えると、ワクワクしてきます。

ミニクイズ４の答《こた》え　ラクダ（楽《らく》だ）

組《く》み合《あ》わせめいろ

海《うみ》やマーメイドにぴったりなパーツをえらんですすもう！

「できた！」

ルカがビーズを足《た》してアレンジしてみたところ、なんだかさらにネックレスがかわいくなったような気《き》がしました。

ふふ。じょうずに直《なお》せてうれしいな！

まんぞくげに見《み》つめていると、ふと星型《ほしがた》のチャームのうらに文字《もじ》がほっ

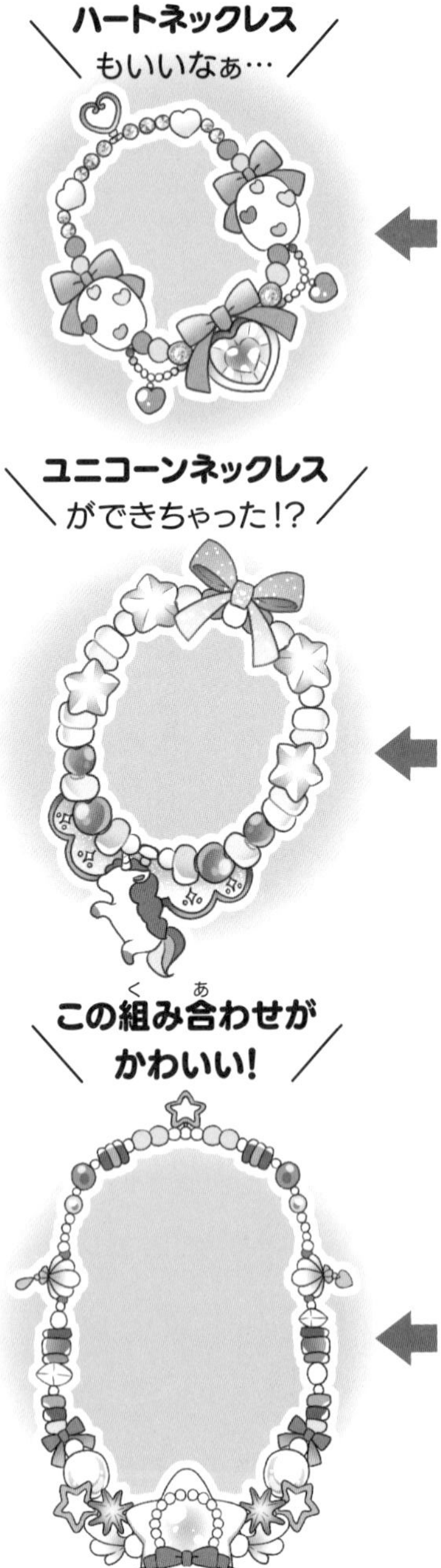
ハートネックレスもいいなぁ…
ユニコーンネックレスができちゃった!?
この組《く》み合《あ》わせがかわいい!

てあることに気《き》がつきました。
見《み》たことのない文字《もじ》なので、外国《がいこく》の文字《もじ》かもしれません。
なんて書《か》いてあるんだろう？　持《も》ち主《ぬし》の名前《なまえ》かな？
もしかして、すごく大切《たいせつ》なものだったりして。
届《とど》けてあげなくちゃ！
そう思《おも》ったルカは、さっそく明日《あした》持《も》ち主《ぬし》を探《さが》してみることにしました。

ルカがお話《はなし》の世界《せかい》を
ちょこっとしょうかい!
Ruka's《ルカ》 メモ①
ルカのお店《みせ》
ドルフィン・アイス
Dolphin Ice
わたしがいつもお手伝《てつだ》いしているお店《みせ》を大公開《だいこうかい》!
お客《きゃく》さんに楽《たの》しんでもらえるように、
パパやママと
毎日《まいにち》たくさん相談《そうだん》しているんだよ。
パールオーナメント
キラキラパール風《ふう》の
オーナメントとライトで、
気分《きぶん》はまるで海《うみ》の中《なか》!
ルカの
手《て》づくりポップ
わたしのいちおしメニューとおすすめのトッピングを書《か》いたんだ。何《なに》を食《た》べるか迷《まよ》ったらぜひ見《み》てね!
シェル・クッション
チェア
貝《かい》がらをかたどったような
おしゃれなチェアは、
ふかふかの
座《すわ》りごこちだよ。
スペシャル
メニュー表
期間限定《きかんげんてい》メニューや、
ママのおすすめ
デコレーションを
しょうかいしているよ!

ドルフィンアイスのネオン看板《かんばん》
かわいいネオンの看板《かんばん》がうちのお店《みせ》の目《め》じるし！ イルカの親子《おやこ》をモチーフにしているよ。
NEW《ニュー》アイスコーナー
新作《しんさく》アイスのメニューはここでチェック！ 気《き》になるフレーバーがあれば試食《ししょく》もできちゃう☆
カラフル・トッピングコーナー
色《いろ》とりどりのトッピング素材《そざい》で、自分好《じぶんごの》みにアイスをアレンジ♪
じつはお店《みせ》の中《なか》に、
貝《かい》のモチーフが5つかくれているの。
ぜんぶ見《み》つけると幸《しあわ》せなことが
あるってお客《きゃく》さんの間《あいだ》で話題《わだい》なんだ！
みんなもさがしてみてね！
（答《こた》えはP45にあるよ）

2

人魚《にんぎょ》の友《とも》だち

次《つぎ》の日《ひ》。

土曜日《どようび》で学校《がっこう》がお休《やす》みだったルカは、いつもより早起《はやお》きしてはりがみをつくりました。

【落《お》としものです。心《こころ》あたりのあるかたは、ドルフィンアイスまで！】

写真《しゃしん》のかわりにネックレスのイラストを描《か》いて、メッセージの下《した》にはお店《みせ》の電話番号《でんわばんごう》も書《か》いています。

これを持《も》ち主《ぬし》のひとが見《み》たら、

きっと連絡《れんらく》をくれるはず……！

一枚《いちまい》はお店《みせ》の入《い》り口《ぐち》に、もう一枚《いちまい》はひろった浜辺《はまべ》の近《ちか》くに貼《は》ることにしました。

うーん。どこに貼《は》ろうかなぁ？

きょろきょろしながら砂浜《すなはま》を歩《ある》いていると、ひとけのない船《ふな》つき場《ば》へたどりつきました。

あっ。あの桟橋《さんばし》の横《よこ》に掲示板《けいじばん》がある！

——ビュンッ！

すると、とつぜん強《つよ》い風《かぜ》が吹《ふ》いて、はりがみが手《て》から飛《と》んでいってしまいました。

★ミニクイズ５★　たまごからひとつ点《てん》を取《と》るとなにになる？

「ウソッ。まって〜！」

ルカがあわてて追《お》いかけると、はりがみは風《かぜ》に乗《の》って桟橋《さんばし》の先《さき》まで飛《と》ばされていきます。

しまいには海《うみ》に落《お》ちてしまったので、ルカはいそいでかけより、橋《はし》から手《て》をのばしました。

だけど、ひろおうとしたそのとき——。

「あっ！」

うっかりバランスをくずしたルカの体《からだ》は、ドボンと海《うみ》の中《なか》へ。

ど、どうしようっ！

わたし、泳《およ》げないのに……！

ミニクイズ５の答《こた》え　王子《おうじ》（玉子《たまご》から点《てん》をとるよ！）

ルカは必死《ひっし》で顔《かお》を出《だ》そうともがきましたが、どんどん下《した》へとしずんでいきます。

だれかっ。だれかたすけて!!

しだいに息《いき》が苦《くる》しくなって、体《からだ》に力《ちから》が入《はい》らなくなっていって……そんなとき、キラキラしたラベンダー色《いろ》のうろこが目《め》の前《まえ》を横切《よこぎ》りました。

そして次《つぎ》のしゅんかん、ルカの体《からだ》がなにかにささえられ、浮《う》きあがったのです。

だけど、ルカの意識《いしき》はそこですーっととぎれてしまいました。

――トントン。

★ミニクイズ6★ 目《め》にさしてもケガしないものってなんだ?

だれかに肩《かた》をたたかれて、そっと目《め》をあけます。

「ねぇ、だいじょうぶ⁉」

「ん……あれ？」

するとルカは、いつのまにか桟橋《さんばし》の上《うえ》に横《よこ》たわっていました。

となりには、同《おな》い年《どし》くらいに見《み》えるかわいい女《おんな》の子《こ》がいて、心配《しんぱい》そうにルカを見《み》おろしています。

「よかったぁ。気《き》がついたんだね」

そのとき、ルカは女《おんな》の子《こ》の足元《あしもと》を見《み》てハッとしました。

ちょっとまって。この子《こ》、魚《さかな》みたいな尾《お》びれがはえてるけど……。

もしかして、人魚《にんぎょ》⁉

ミニクイズ６の答《こた》え　目薬《めぐすり》

むくっと起《お》きあがり、もう一度《いちど》女の子《おんなこ》をまじまじと見《み》つめます。

キラキラ光《ひか》るラベンダー色《いろ》のうろこは、宝石《ほうせき》をしきつめたように美《うつく》しく、
尾《お》びれの先《さき》はほんのり透《す》きとおっています。

ふわふわロングの髪《かみ》も、ピンクのグラデーションカラーで、見《み》たことのない色合《いろあ》い。

リボンがついたフリルいっぱいのドレスもとってもかわいくて、まるで絵本《えほん》から飛《と》び出《だ》してきた人魚姫《にんぎょひめ》のようです。

じゃあ、さっき見《み》たラベンダー色《いろ》のうろこは、この子《こ》だったのかな？

わたし、人魚《にんぎょ》に助《たす》けられたってこと⁉

「ゆ、夢《ゆめ》じゃ、ないよね……？」

ルカが思《おも》わず声《こえ》に出《だ》したら、女《おんな》の子《こ》がふしぎそうな顔《かお》でたずねました。

「どうして？」

「だって、人魚《にんぎょ》がほんとうにいるなんて……！」

しんじられないよっ。

そんなのおとぎ話《ばなし》の中《なか》だけだと思《おも》ってた。

「そっかぁ、おどろいたよね。じつはわたしも人間《にんげん》に会《あ》うのははじめてなんだ。ほんとは陸《りく》には近《ちか》づいちゃいけないって言《い》われてるんだけど……」

女《おんな》の子《こ》は頭《あたま》をかきながら、てへっと笑《わら》います。

「わたし、ララっていうの。あなたは？」

「わ、わたしはルカ」

★ミニクイズ7★　いつも海《うみ》にいるメイドは？

ルカがとまどいながら答《こた》えたら、ララは笑顔《えがお》で手《て》をさし出《だ》しました。

「ルカ、よろしくね！」

あくしゅをするのと同時《どうじ》に、ルカは思《おも》います。

あぁ、やっぱり夢《ゆめ》じゃない……。

わたし、ほんものの人魚《にんぎょ》に出会《であ》ったんだ！

「ねぇこれ、ルカが描《か》いたんでしょ？」

するとララは、水《みず》にぬれた紙《かみ》をルカに見《み》せてきました。

先《さき》ほどルカが落《お》としたはりがみを、ララがひろってくれていたようです。

「うん。そうだよ」

「この絵《え》、わたしが落《お》としたネックレスに似《に》てるんだけど……どこにある

ミニクイズ7の答《こた》え　マーメイド

か知《し》らない？」

それを聞《き》いて、ルカはハッとしました。

じゃあ、あのネックレスはララのものだったの？

「それなら今《いま》持《も》ってるよ。昨日《きのう》そこの浜辺《はまべ》でひろったんだ」

ルカがポケットからネックレスを取《と》り出《だ》すと、ララはうれしそうに目《め》をかがやかせました。

「ありがとう！　よかった〜。これを探《さが》しにきたところだったの」

だけどララは、それを首《くび》につけたところで、気《き》がついたように、

「あれ？　なんかすこしだけ見《み》た目《め》が変《か》わった？」

言《い》いました。

★ミニクイズ８★　さかさにするとお菓子《かし》になるお花《はな》は？

「あぁ、じつはパーツが取《と》れてちぎれちゃってたから、わたしが自《じ》分《ぶん》の持《も》ってるビーズを足《た》して直《なお》したの。かってなことして、ごめんなさい……」

ルカがあやまると、ララは首《くび》を横《よこ》にふりました。

「ううん、すっごくかわいい！　こっちのほうがおしゃれだよ！　直《なお》してくれてありがとう」

まちがいさがし
もとのネックレスと
どこが変《か》わったかな？
変《か》わったところは5つあるよ。
(答《こた》えはP45にあるよ)
ルカが直《なお》したネックレス
もとのネックレス

アレンジをよろこんでもらえたみたいで、ルカはうれしくなります。

するとララが、思《おも》いついたように言《い》いました。

「そうだ！　お礼《れい》にわたしのうちに遊《あそ》びにこない？」

「えっ！」

でも、ララのおうちってことは、海《うみ》の中《なか》だよね？

「い、行《い》ってみたいけどわたし、泳《およ》げなくて……」

ルカがざんねんそうに答《こた》えたら、ララはとつぜん**耳《みみ》につけていたピンク色《いろ》の貝《かい》がらのイヤリング**をはずしました。

そしてそれを、ルカに手《て》渡《わた》して。

「じゃあ、このイヤリングをあげる。これをつけて海《うみ》に入《はい》ってみて」

「えっ、いいの？」

「うん。友《とも》だちのあかし！」

そんなふうに言《い》われたら、ますますうれしくなってしまいます。

まさか、人魚《にんぎょ》の友《とも》だちができる日《ひ》が来《く》るなんて！

ルカは言《い》われたとおりイヤリングを耳《みみ》につけて、海水《かいすい》に足《あし》をひたしてみました。

すると、足元《あしもと》が急《きゅう》にパァッと七色《なないろ》

に光《ひか》りはじめて、キラキラと水《みず》しぶきがまいあがります。

そして次《つぎ》のしゅんかん、なんとルカの足《あし》が、ピンク色《いろ》の尾《お》びれに変《か》わったのです。

「わぁっ……！　なんで⁉」

さっき着《き》ていたワンピースも、いつのまにかヒラヒラのキャミソールチュニックに変《か》わっています。

もしかしてわたし、人魚《にんぎょ》になっちゃった⁉

おどろいてララの顔《かお》を見《み》たら、ララはくすっと笑《わら》って言《い》いました。

「ふふ。これはね、**魔《ま》法《ほう》のイヤリング**なんだ。むかし、あるひとからもらったの」

★ミニクイズ９★　バッグの中《なか》にかくれている動物《どうぶつ》ってなんだ？

人魚《にんぎょ》に魔法《まほう》、しんじられないことの連続《れんぞく》で、ルカは胸《むね》のドキドキが止《と》まりません。

「ほら、ルカもいっしょに泳《およ》ごうよ！」

ララは元気《げんき》よくそう言《い》うと、ルカのうでをひっぱりながら、海《うみ》の中《なか》へ飛《と》びこみました。

「ひゃあっ！」

ドボンといっきに全身《ぜんしん》が海水《かいすい》につかって、ルカはあせります。

ま、まって。息《いき》が……って、あれ？

水《みず》の中《なか》なのに、ぜんぜん苦《くる》しくない！

見《み》ると、目《め》の前《まえ》には見《み》たことがないほど美《うつく》しいエメラルドグリーンの世《せ》

ミニクイズ９の答《こた》え　カバ（かばんの中《なか》にかくれているよ！）

界《かい》が広《ひろ》がっています。
色《いろ》とりどりの海藻《かいそう》に、赤《あか》いサンゴ、ゆらゆられるイソギンチャク。
その上《うえ》を青《あお》や黄色《きいろ》の魚《さかな》たちが、スイスイと泳《およ》いでいくのが見《み》えます。
「わぁっ。すてき……！」
海《うみ》の中《なか》って、こんなにカラフルできれいだったんだ！
しかもわたし、水中《すいちゅう》で声《こえ》が出《だ》せてる⁉
ルカがゆっくりと尾《お》びれを動《うご》かすと、体《からだ》が水《みず》の中《なか》をすべるように前《まえ》に進《すす》みました。
はじめての感覚《かんかく》に、ルカは思《おも》わず感激《かんげき》します。
すごい！　わたし、海《うみ》の中《なか》を泳《およ》げてる！

夢《ゆめ》みたいだよっ。

「ルカ、こっちだよ！」

すると、ララが手《て》まねきしながら奥《おく》へと進《すす》んでいったので、ルカは追《お》いかけるように泳《およ》いでいきました。

P38のまちがいさがしの答《こた》え

P27-28のさがし絵《え》クイズの答《こた》え

3

ダイヤモンド王国《おうこく》へようこそ

ララについて海《うみ》の中《なか》をもぐっていくと、海底《かいてい》には虹色《にじいろ》にかがやくサンゴ礁《しょう》が広《ひろ》がっていました。

カニやヒトデにウミガメ、カラフルな魚《さかな》の群《む》れ。

どこを見《み》ても美《うつく》しい海《うみ》の生《い》きものでいっぱいで、ルカはますますワクワクしてきます。

しばらくすると、色《いろ》とりどりの貝《かい》がらとパールがあしらわれた美《うつく》しいお城《しろ》が見《み》えてきました。

あたりにはカラフルな建物《たてもの》がいくつも立《た》ちならび、たくさんの人魚《にんぎょ》たちでにぎわっています。

もしかしてここは、人魚《にんぎょ》の国《くに》？

まるで夢《ゆめ》の中《なか》みたい！

するとララが、ルカのほうをふりかえって言《い》いました。

「ここが、わたしの住《す》んでる『**ダイヤモンド王国《おうこく》**』だよ」

「へぇ、すてきだね！」

★ミニクイズ10★ 本当《ほんとう》はくさくないのに、くさいと言《い》われちゃう食《た》べものは？

さがし絵《え》クイズ

海《うみ》の中《なか》にかくれている
①ピンクのチンアナゴ
②にくきゅうの形《かたち》のジュエル をさがそう！
もっとさがしたい人《ひと》は… アクアフィッシュ は何匹《なんびき》いるかな？
（答《こた》えはP66にあるよ）

「いいところでしょ？　……あっ」

だけどララは、とつぜんハッと思《おも》いついたような顔《かお》をすると。

「でもルカが人間《にんげん》だってことは、ないしょにしておいたほうがいいかも。人魚《にんぎょ》はみんな、人間《にんげん》に存在《そんざい》を知《し》られないようにくらしてるから」

その言葉《ことば》にルカは、コクリとうなずきました。

「うん。わかった」

たしかにそうだよね。

くれぐれも、ここでは正体《しょうたい》がバレないように気《き》をつけなくちゃ。

「**プクプク〜ッ！**」

そんなとき、とつぜんむこうからかわいらしい鳴《な》き声《ごえ》が聞《き》こえました。

ミニクイズ10の答《こた》え　白菜《はくさい》

見《み》ると、見《み》たことのない色合《いろあ》いの魚《さかな》がこちらへと泳《およ》いできます。

「**あ、リボン！**」

ララがそう呼《よ》ぶと、リボンはララの胸《むね》に飛《と》びこんできました。

ララもうれしそうにぎゅっと抱《だ》きしめます。

「ただいまーっ」

「プクク ッ」

パステルブルーのヒラヒラした胸《むな》びれに、しましまもようが入《はい》ったレモンイエローの体《からだ》。

尾《お》びれには、名前《なまえ》のとおり大《おお》きなリボンがむすんであって、パールのかざりまでついています。

★ミニクイズ11★ ふたつの数字《すうじ》でできたフルーツはなんだ？

わぁっ。こんなにかわいくておしゃれな魚《さかな》、はじめて見《み》た！

ルカが見《み》とれていたら、ララはリボンからうでをはなして言《い》いました。

「この子《こ》はわたしの相棒《あいぼう》のリボン。小《ちい》さいころからずっといっしょにいるの」

「そうなんだ。とってもかわいい！」

「プクププッ！」

ルカの言葉《ことば》に反応《はんのう》するかのように、リボンがうれしそうな声《こえ》をあげます。

もしかしてリボンは、言葉《ことば》の意味《いみ》がわかるのかな？

すると、今度《こんど》はうしろからべつの低《ひく》い声《こえ》が聞《き》こえてきました。

「どこに行《い》ってたんだよ、ララ」

ふり返《かえ》るとそこには、スカイブルーの尾《お》びれをまっすぐのばした人魚《にんぎょ》の男《おとこ》の子《こ》が。

「シオン！」

サラサラの青《あお》い髪《かみ》にととのった顔《かお》をした彼《かれ》はシオンというらしく、ルカやララと同《おな》じくらいの年《とし》に見《み》えます。

ララは、すかさず首《くび》に下《さ》げたネックレスを、シオンに見《み》せました。

ミニクイズ11の答《こた》え　いちご

「じゃーん！　なんと、なくしたネックレスを見《み》つけたの。陸《りく》まで流《なが》されちゃってたみたいで」

「えっ。じゃあ陸《りく》に近《ちか》づいたのか？」

シオンが眉《まゆ》をひそめると、ララは口《くち》の前《まえ》でひとさし指《ゆび》をたてます。

「うん、ちょっとだけ。パパにはないしょね」

「プクッ！　プククッ！」

そしたらリボンがとつぜん声《こえ》をあげて、向《む》こうを見《み》ました。

ルカがふりむくと、三《み》つ編《あ》みヘアの女《おんな》の子《こ》の人魚《にんぎょ》と、銀髪《ぎんぱつ》の男《おとこ》の子《こ》の人《にん》魚《ぎょ》が泳《およ》いでくるのが見《み》えます。

「**サリー！　イブ！**」

ララが声《こえ》をかけたら、三《み》つ編《あ》みヘアの女《おんな》の子《こ》がラズベリー色《いろ》の尾《お》びれをゆらしながらたずねてきました。

「あら、その子《こ》はララのお友《とも》だちですか？」

「そうだよ。ルカっていうの。わたしのネックレスをひろってくれたんだ！」

ララが答《こた》えると、女《おんな》の子《こ》はポシェットから紫《むらさき》の水晶玉《すいしょうだま》を取《と》り出《だ》してルカに言《い》います。

「はじめまして、わたしはサリー。占《うらな》いならまかせてくださいね！」

つづけて銀髪《ぎんぱつ》の男《おとこ》の子《こ》も、エメラルドグリーンの尾《お》びれをゆらしながら話《はな》しかけてきました。

★ミニクイズ 12★　かけても、ひいても、数《かず》がかわらないものってなんだ？

「ぼくはイブだよ。よろしく」

「よ、よろしく……！」

ルカがぺこりとおじぎをしたら、
ララがつづけて紹介《しょうかい》してくれます。

「みんなわたしの同級生《どうきゅうせい》なの。サリーは占《うらな》いがとくいで、お母《かあ》さんは有名《ゆうめい》な占《うらな》い師《し》。イブのおうちは研究所《けんきゅうじょ》で、お父《とう》さんは有名《ゆうめい》な海《うみ》の博士《はかせ》なんだよ」

「へぇ、すごいね！」

「そしてシオンはわたしの幼《おさな》なじみで、となりのエメラルド王国《おうこく》の王子《おうじ》なの！」

そこでララがシオンのことを紹介《しょうかい》すると、シオンはすこしむすっとした顔《かお》で言《い》いました。

「……どうも」

あれ？　なんかわたし、にらまれてる？

まるでよそものを見《み》るような目《め》つきに見《み》えて、ルカは不安《ふあん》になります。

「そういえばララのネックレス、ちょっとデザインが変《か》わりましたか？」

そんなとき、サリーがふと気《き》づいたようにララにたずねました。

「そうなの。ルカがビーズをつけてアレンジしてくれたんだ！　かわいいでしょ？」

「とってもかわいいです〜。ルカはセンスがばつぐんですね！」

サリーにもアレンジをほめてもらえて、ルカはうれしくなります。

「そ、そうかな？　ありがとう」

「それじゃあ、ルカにさっそくクイズです！」

するととつぜん、イブがニコニコしながらきりだしました。

「えっ？」

おどろくルカに、ララがこそっと耳打《みみう》ちします。

「イブはね、もの知《し》りでクイズが大好《だいす》きなの」

そうなんだ。でもわたし、答《こた》えられるかなぁ？

★ミニクイズ13★　うちゅうの中《なか》でいちばん小《ちい》さいものってなんだ？

★まめちしきクイズ★

『次《つぎ》の中《なか》で、いちばん強《つよ》い海《うみ》の生《い》きものはどれ？』

①クジラ　②シャチ

③サメ　④イルカ

イブに問《と》いかけられて、ルカはうーんと悩《なや》みました。

強《つよ》い生《い》きものかぁ。どれだろう？

やっぱり強《つよ》いといったら、サメかな？

でも、クジラも大《おお》きいから強《つよ》そうだし……。

「えっと……じゃあサメ！」

ルカが思《おも》いきって答《こた》えたら、イブは手《て》でバツマークをつくりました。

「ブブー、ざんねん。ちがいます」

えっ！　ちがうの⁉

じゃあせいかいは――。

すると、横《よこ》からシオンが答《こた》えます。

「答《こた》えは**シャチ**だろ」

「ピンポーン！　シオンの言《い》うとおり。シャチはかしこくて力《ちから》も強《つよ》いし、大《おお》きいのにサメよりずっと速《はや》く泳《およ》げるんだよ」

「えっ、そうなの⁉」

ミニクイズ13の答《こた》え「ゆ」

なるほど。勉強《べんきょう》になるな〜。

なんてルカが感心《かんしん》していると、ララがルカのうでをつかんで言《い》いました。

「それじゃ、今《いま》からルカをうちにしょうたいするから。みんなまたね！」

手《て》をふって泳《およ》ぎだしたララにむかって、サリーたちも手《て》をふり返《かえ》します。

「いってらっしゃい！」

「また学校《がっこう》で〜」

そのままルカはララとリボンといっしょに、ララの家《いえ》へとむかいました。

☆ ☆ ☆

「ついた！　ここがわたしの家《いえ》だよ」

ララがそう言《い》って止《と》まったのはなんと、先《さき》ほど見《み》かけた大《おお》きなお城《しろ》の前《まえ》

★ミニクイズ14★　宝箱《たからばこ》をもっているタヌキがいるよ。どんな箱《はこ》をもってるかな？

でした。

「えっ！」

見上《みあ》げると、貝《かい》がらやパールがあしらわれた塔《とう》がキラキラとかがやいていて、ため息《いき》が出《で》そうな美《うつく》しさです。

「ララのおうちって……お城《しろ》だったの⁉」

ルカがたずねると、ララはちょっぴりてれくさそうにうなずきました。

「うん。じつはわたし、このダイヤモンド王国《おうこく》のプリンセスなんだ」

「え〜っ！　すごいねララ！」

じゃあお父《とう》さんは、国王《こくおう》さま？

つまりララは、本物《ほんもの》の人魚姫《にんぎょひめ》だったんだ！

ミニクイズ14の答《こた》え　空箱《からばこ》（たからばこから「タ」を「ヌキ」にするよ！）

ルカが感激《かんげき》していると、ララが大《おお》きなとびらを開《あ》けてお城《しろ》の中《なか》に入《はい》ります。

「ただいまーっ」

すると、美《うつく》しい人魚《にんぎょ》の女《おんな》のひとが出《で》むかえてくれました。

「おかえりなさい、ララ。リボンも」

「ママ！」

頭《あたま》に王《おう》かんをつけドレスを着《き》たその女性《じょせい》は、ララのママ。つまり王妃《おうひ》さまのようです。

「プクゥッ！」

リボンもうれしそうにすりよっていきます。

「あたらしい友《とも》だちを紹介《しょうかい》するね。ルカっていうの！」

ララが話《はな》すと、王妃《おうひ》さまはニコッとやさしい笑《え》みをうかべました。

「まぁ、かわいい子《こ》ね。はじめまして、**ララの母親《ははおや》のマリアです**」

「は、はじめまして！」

ルカがぺこりと頭《あたま》を下《さ》げると、ララがマリア王妃《おうひ》に言《い》いました。

「この子《こ》がわたしのネックレスを見《み》つけてくれたんだよ」

「あら、それはお礼《れい》をしなくちゃいけないわね」

「そんなっ。お礼《れい》だなんて……！」

ルカがえんりょしようとしたら、マリア王妃《おうひ》は思《おも》いついたように言《い》いました。

「そうだわ。ルカちゃんのかんげいもかねて、**ティーパーティー**をひらきましょう！」

ルカがお話《はなし》の世界《せかい》を
ちょこっとしょうかい！
Ruka's《ルカ》 メモ②

ララのプリンセスルーム

キラキラな海《うみ》が見《み》える大《おお》きな窓《まど》に、貝《かい》がらのかたちのベッド…
ララのお部屋《へや》は、すてきなものがたーくさん！
なかでもララのいちばんのお気《き》に入《い》りは、なんだと思《おも》う？
下のあんごうを解《と》いて当《あ》ててみてね☆
（答《こた》えはP87にあるよ）

★3 □□□□□□

★1 □□□□□□

★2 □□□

★2 □□□

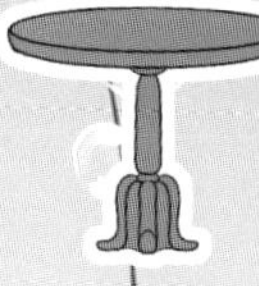

★2 □□□□

★ヒント★
横《よこ》にあるマスに
イラストの名前《なまえ》を
書《か》きこんでみよう！
ちなみに…

は「サル」になるよ！

答《こた》え □□□□□

4

お城《しろ》のティーパーティー

「どうぞ、めしあがれ」

マリア王妃《おうひ》が笑顔《えがお》でルカにつげました。

ルカはテーブルにならんだ色《いろ》とりどりのスイーツを見《み》て、思《おも》わず声《こえ》をあげました。

「か、かわいい……！」

くるくるとリボンが巻《ま》かれたケーキスタンドにはお皿《さら》が階段《かいだん》のようにセットされていて、それぞれにカラ

★ミニクイズ 15★ 家《いえ》の入口《いりぐち》にいつもぶらさがっているお菓子《かし》は？

マリンパフェ
ジュエルドリンク
シーマカロン
スタークッキー

フルなスイーツがならんでいます。

ヒトデ型《がた》のクッキーに、貝《かい》がらのかたちをしたマカロン。海色《うみいろ》のゼリーの上《うえ》にメレンゲ菓子《がし》やクリームがトッピングされたパフェ。透明《とうめい》なボトルに入《はい》ったドリンクの中《なか》には、キラキラしたゼリーの玉《たま》がいくつも浮《う》かんでいて、まるで宝石箱《ほうせきばこ》のようです。

「これはスタークッキーで、こっちがシーマカロン。マリンパフェもすごくおいしいよ。このゼリー入《い》りのジュエルドリンクは、今《いま》ダイヤモンド王国《おうこく》で大人気《だいにんき》なんだ！」

ララの説明《せつめい》を聞《き》いたルカは、ますます目《め》をかがやかせました。

すてき！　みんなおいしそうで、なにから食《た》べようかまよっちゃうよ～。

ミニクイズ15の答《こた》え　モンブラン（門（もん）にぶらーん）

「いただきまーす！」

ルカはさっそくお皿《さら》の上《うえ》のマカロンをひとつ手《て》に取《と》ります。

ぱくっとひとくち食《た》べると、甘《あま》さが口《くち》の中《なか》いっぱいに広《ひろ》がりました。

「わあっ。こんなにおいしいマカロン、はじめて食《た》べた！」

ルカが感激《かんげき》していると、マリア王妃《おうひ》がうれしそうにほほ笑《え》みます。

「ふふ。よかったわ、気《き》に入《い》ってもらえて」

すてきなお城《しろ》にすてきなスイーツ。まるで夢《ゆめ》の中《なか》にいるような気分《きぶん》です。

「ねぇ、ルカがいちばん好《す》きなスイーツはなに？」

すると、ララがクッキーを片手《かたて》にたずねてきました。

ルカはまよわず答《こた》えます。

★ミニクイズ16★　お姫《ひめ》さまがかくしてるお菓子《かし》ってなんだ？

さがし絵《え》クイズ

P73 にあるみほんを見《み》て、①〜⑥の中《なか》からルカが食《た》べたスイーツと同《おな》じイラストをえらんでね！（答《こた》えは P87 にあるよ）

①

②

③

④

⑤

⑥

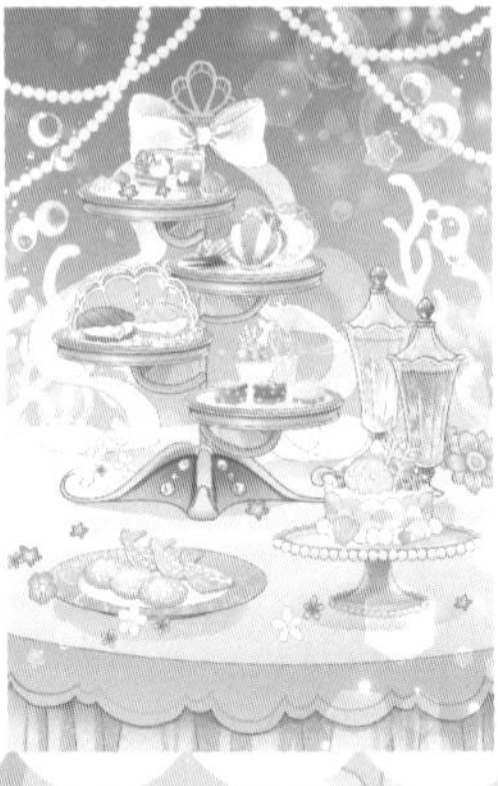

「もちろん、**アイスクリーム**だよ！」

「アイスクリーム？　なにそれ？」

だけど、ララもマリア王妃《おうひ》もきょとんとしていて、どうやら知《し》らないみたいです。

もしかして、人魚《にんぎょ》の世界《せかい》にはアイスクリームがないのかな？

「アイスクリームはね、ひんやり氷《こおり》みたいにつめたくて、クリームみたいに甘《あま》くて、口《くち》に入《い》れるとすぐにとけちゃうの」

ルカが説明《せつめい》すると、ララはとたんに目《め》をかがやかせました。

ミニクイズ16の答《こた》え　プリン（お姫《ひめ》さまは英語《えいご》で「プリンセス」だよ！）

「すてきっ。そんな夢《ゆめ》みたいなスイーツがあるのね！　どこに行《い》けば食《た》べられるかな？」

「それならうちに……あっ」

言《い》いかけて、ルカは口《くち》を押《お》さえます。

おっと、あぶない。

いまここで話《はな》したら、人間《にんげん》だってことが王妃《おうひ》さまにバレちゃうかも。

するとララが、マリア王妃《おうひ》に言《い》いました。

「そうだママ、うちにある『世界《せかい》のひみつじてん』を見《み》せてよ。アイスクリームのこともものってるかもしれないよ！」

「そうねぇ。でもあれは、ララが『**スターマーメイド**』になるまでは見《み》せちゃダメだって、パパが」

マリア王妃《おうひ》がざんねんそうに答《こた》えると、ララはぷぅっとほおをふくらませます。

「もう、ケチ〜。パパはなんでもダメダメ言《い》うんだからっ」

「……あの、スターマーメイドってなんですか？」

そこでルカがたずねたら、マリア王妃《おうひ》がやさしくおしえてくれました。

「人魚《にんぎょ》の世界《せかい》のエリートのことよ。**泳《およ》ぎに知力《ちりょく》、魔法《まほう》、すべての能力《のうりょく》をかねそなえた人魚《にんぎょ》がなることができるの。**スターマーメイドとしてみとめられた人魚《にんぎょ》は、将来《しょうらい》とくべつな仕事《しごと》につくことができるのよ」

「へぇ。そうなんですね」

★ミニクイズ17★ 頭《あたま》とおしりをくっつけてあそんでいる鳥《とり》はどんな鳥《とり》？

「ちなみに男性《だんせい》の呼《よ》び名《な》は、『スターマーマン』ね」

つづけてマリア王妃《おうひ》が語《かた》ります。

「そして、わたしたち王家《おうけ》の人魚《にんぎょ》はみんな、スターメイド、マーマンにならなければいけない決《き》まりがあるの。国《くに》を守《まも》るためにね」

「えっ！」

そこでララの顔《かお》をかくにんしたら、ララはうなずきました。

「そう。だからわたしも今《いま》、『**クリスタル学園《がくえん》**』っていうスターマーメイドになるための学校《がっこう》に通《かよ》ってるんだ」

ララはそう言《い》うと、ルカの目《め》をまっすぐ見《み》つめます。

「わたしね、スターマーメイドになったら、『**まぼろしの人魚《にんぎょ》**』をさがす旅《たび》に出《で》たいと思《おも》ってるの」

「……まぼろしの人魚《にんぎょ》？」

「うん。光《ひか》りかがやく虹色《にじいろ》の尾《お》びれを持《も》つ人魚《にんぎょ》で、この世《よ》のものとは思《おも》えないほど美《うつく》しいって言《い》われてるんだよ」

「へぇ。そんな人魚《にんぎょ》がいるんだね」

「そしてなんと、不老不死《ふろうふし》なんだって！」

「ええっ!?」

じゃあずっと年《とし》を取《と》らないし、永遠《えいえん》に生《い》きられるってこと？

ルカがおどろいた顔《かお》をすると、となりでマリア王妃《おうひ》がくすっと笑《わら》います。

「ふふ。でも、まぼろしの人魚《にんぎょ》の話《はなし》は伝説《でんせつ》だから、ほんとうにいるかどうかはわからないけどね」

だけどララは、すぐさま言《い》い返《かえ》します。

「ううん、ぜったいにいるよ！　わたし、いつかかならず会《あ》いにいくんだから っ」

そんなララを見《み》ていたら、ルカもそのまぼろしの人魚《にんぎょ》をひとめ見《み》てみたいなと思《おも》いました。

ティーパーティーが終《お》わってララとお城《しろ》を出《で》ようとしたら、うしろからリボンの声《こえ》がしました。

「プクプクッ」

ミニクイズ18の答《こた》え　みかん（他《ほか》は、野菜《やさい》の仲間《なかま》なんだ！）

ふりかえると、リボンがいきおいよく泳《およ》いでくるのが見《み》えます。

「あ、リボン！　どこにいってたの……って、あれ？」

するとララが、リボンを見《み》て気《き》がついたように言《い》いました。

「もう、またママのアクセサリー部屋《べや》に入《はい》ったでしょ」

「プクゥッ！」

うれしそうに声《こえ》をあげるリボンを見《み》て、ルカはハッとします。

あれ？　リボン、さっきとすこし見《み》た目《め》が変《か》わった？

そしたらララが、困《こま》った顔《かお》でルカに言《い》いました。

「リボンはね、キラキラしたものが大好《だいす》きで、すぐにママのアクセサリーをかってに身《み》につけちゃうの」

★ミニクイズ19★　いつでもすこーしだけ食《た》べたくなるお菓子《かし》はなんだ？

「ふふ、そうなんだ。おしゃれが好《す》きなんだね」

すると、そのとき急《きゅう》にお城《しろ》の中《なか》がざわざわしはじめました。

とびらの前《まえ》に、いっせいに家来《けらい》の人魚《にんぎょ》たちが集《あつ》まっていきます。

「ルイス王《おう》のおかえりだ！」

そして、とびらがバタンとひらいたしゅんかん、外《そと》から王《おう》かんをつけた人魚《にんぎょ》の男《おとこ》のひとが入《はい》ってきました。

ぬりえ

リボンの線《せん》をなぞったり、色《いろ》をぬったり、かざりを描《か》きこんだりしておめかししてあげよう

ウェーブがかかったシルバーの髪《かみ》に、たくましい体《からだ》、ダークブルーの尾《お》びれ。

手《て》にはするどい三《み》つ又《また》のやりを持《も》っていて、うしろには、兵士《へいし》のような格好《かっこう》をした家来《けらい》をたくさん引《ひ》き連《つ》れています。

すると、王《おう》さまはとつぜん怒《おこ》ったように大声《おおごえ》をあげました。

「人間《にんげん》どもめっ。また海《うみ》を汚《よご》しおって！」

その言葉《ことば》にルカはびくっとします。

もしかして王《おう》さまは、人間《にんげん》をうらんでいるの……？

「パパ！」

そこでララが声《こえ》をかけると、王《おう》さまは急《きゅう》にやさしい顔《かお》に変《か》わり、近《ちか》くまでやってきました。

「おう、ララか。見《み》なれない顔《かお》だが、その子《こ》はお友《とも》だちかな？」

「うん。あたらしくできた友《とも》だちだよ」

「は、はじめまして！　ルカといいます」

ルカがきんちょうしながらあいさつをすると、王《おう》さまはルカをじっと見《み》つめます。

「ルカというのか。きみは、どこの国《くに》から来《き》たのかね？」

思《おも》わぬしつもんに、ルカはドキッとしてかたまりました。

ミニクイズ19の答《こた》え　チョコレート（チョコっと食《た》べたくなるね！）

どうしようっ！　なんて答《こた》えたらいいの⁉

「え、えーっと……」

すかさずララがかわりに答《こた》えます。

「〝**アイスクリーム王国**《おうこく》〟よ！　遠《とお》い北《きた》の海《うみ》にあるんだって」

「ふむ。はじめて聞《き》く名前《なまえ》だな」

王《おう》さまはいっしゅん眉《まゆ》をひそめましたが、すぐに家来《けらい》が呼《よ》びにやってきます。

「陛下《へいか》、そろそろ会議《かいぎ》のお時間《じかん》です」

「わかった。それじゃまた」

王《おう》さまはそのままお城《しろ》の奥《おく》へいってしまったので、ルカはほっと胸《むね》をな

★ミニクイズ20★　夏《なつ》レミファソラシド　このお菓子《かし》なんだ？

でおろしました。

よ、よかった～。ララがとっさにごまかしてくれて。

それにしても、ララのお父《とう》さんはちょっときびしそうなふんいきで、怖《こわ》かったな。

すると、ララがもうしわけなさそうにあやまります。

「ごめんね。うちのパパはひどい人間《にんげん》ぎらいなの」

「そうなんだ……」

やっぱり。じゃあもし正体《しょうたい》がバレたら、大変《たいへん》なことになっちゃうよね。

「人間《にんげん》は、あぶない生《い》きものだと思《おも》ってるみたいだから。わたしもほんとは陸《りく》には近《ちか》づいちゃいけないって言《い》われてて……」

ミニクイズ20の答《こた》え　ドーナツ（ドがなつになっているよ！）

ララの言葉《ことば》を聞《き》いて、ルカはずきんと胸《むね》が痛《いた》みます。

「そ、そっか」

でも、じっさい王《おう》さまの言《い》うとおり、人間《にんげん》のせいで海《うみ》が汚《よご》れていると聞《き》くし……。

そのことをよく思《おも》わない人魚《にんぎょ》がいても、しかたがないよね。

ルカが思《おも》わず下《した》を向《む》いたら、ララがルカの肩《かた》をポンとたたきました。

「でもわたしは、人間《にんげん》は悪《わる》い存在《そんざい》じゃないっていってしんじてるよ。**だって、ルカはこんなにやさしくてすてきな子《こ》だもの！**」

見上《みあ》げると、ララのまっすぐな瞳《ひとみ》と目《め》が合《あ》います。

「ララ、ありがとう」

★ミニクイズ21★ 朝《あさ》も夜《よる》も、休《やす》まず回《まわ》っているものって？

「プクッ！　プククッ！」

すると、リボンがなにか知《し》らせるように声《こえ》をかけてきました。

「あっ。そろそろ学校《がっこう》の時間《じかん》だ！」

ララがハッとした顔《かお》で言《い》うのを聞《き》いて、ルカはたずねます。

「じゃあわたし、帰《かえ》ったほうがいいかな？」

だけどララは、首《くび》を横《よこ》にふると。

「ううん、だいじょうぶ。ルカもいっしょに来《き》てよ！」

「えっ、わたしも⁉」

誘《さそ》われたルカは、いっしょにクリスタル学園《がくえん》へ行《い》くことになりました。

ミニクイズ21の答《こた》え　時計《とけい》（時計《とけい》の針《はり》はずーっと動《うご》いているね！）

P67のあんごうクイズの答《こた》え

ヒントから解《と》いてみよう！
イラストの横《よこ》に書《か》かれた数字《すうじ》は、
名前《なまえ》の何文字目《なんもじめ》を読《よ》むかを
しめしているよ！

2 ウサギ
4 テーブル
→ サル

ここで毎朝《まいあさ》
かわいく
ヘアアレンジしてる
んだって！

他《ほか》のイラストも同《おな》じように見《み》ていくと…

3 サンドイッチ
1 レモンティー
2 ヨット
2 ウサギ
2 テーブル

ドレッサーが答《こた》えだよ！

P73のさがし絵《え》クイズの答《こた》え

正解《せいかい》は……③だよ！

他《ほか》のイラストは、スタンド
の形《かたち》やクッキーの個数《こすう》が少《すこ》
しずつ変《か》わっているよ！

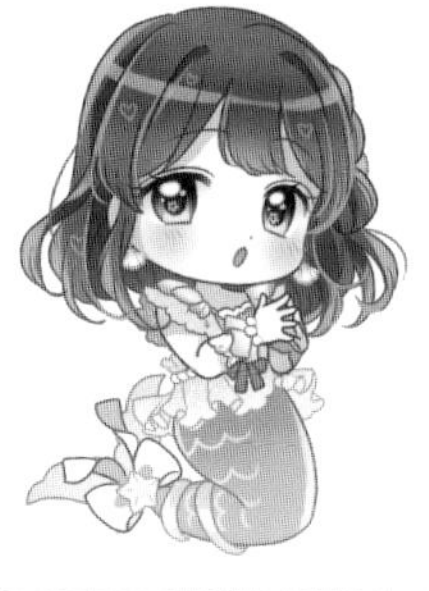

①

②

④

⑤

⑥

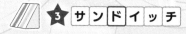

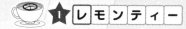

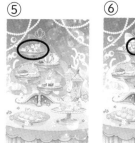

5

クリスタル学園《がくえん》

ララとリボンについていくと、大《おお》きなクリスタルを組《く》み合《あ》わせてできたスタジアムのような建物《たてもの》が見《み》えてきました。

「ここが**クリスタル学園《がくえん》だよ！**」

門《もん》をくぐって中《なか》に入《はい》ると、たくさんの人魚《にんぎょ》たちがいるのが見《み》えます。

そこには見《み》おぼえのあるすがたもちらほら……。

シオンにイブ、サリーもいる！

★ミニクイズ22★ ふわふわしておいしそうだけど、食《た》べられないチーズは？

郵 便 は が き

お手数ですが
切手をおはり
ください。

104-0031

東京都中央区京橋1-3-1
八重洲口大栄ビル7階
スターツ出版（株）書籍編集部
愛読者アンケート係

(ふりがな)
お名前 | 電話 （ ）

ご住所 （〒 - ）

才 ［ 幼稚園 保育園 ／ 年少 年中 年長 ／ 小学校 年 中学校 年 ］

この本（はがきの入っていた本）のタイトルを教えてください。

今後、新しい本などのご案内やアンケートのお願いをお送りしてもいいですか？
1. はい　2. いいえ

いただいたご意見やイラストを、本または新聞・雑誌・インターネットなどの広告で紹介してもいいですか？
1. はい　2. ペンネーム（　　　）ならOK　3. いいえ

お客様の情報を統計調査データとして使用するために利用させていただきます。また頂いた個人情報に弊社からのお知らせをお送りさせ頂く場合があります。
個人情報保護管理責任者：スターツ出版株式会社　出版マーケティンググループ　部長　連絡先：TEL 03-6202-0311

「野いちごぽっぷ」愛読者カード

「野いちごぽっぷ」の本をお買い上げいただき、ありがとうございました！
今後の作品づくりの参考にさせていただきますので、
アンケートにご協力お願いします。
（あてはまるすべての番号に○をつけてください）

Ⓐ この本をえらんだ理由を教えてください。
1. 表紙が気に入ったから　2. タイトルが気に入ったから
3. イラストが気に入ったから　4. ストーリーがおもしろそうだったから
5. ゲームで遊べるから　6. 好きな作家だから　7. 人におすすめされたから
8. 特典が欲しかったから　9. その他（　　　　　　）

Ⓑ えらんだ本の感想を教えてください。
1. とてもおもしろかった　2. おもしろかった　3. ふつう
4. つまらなかった　5.その他（　　　　　　）

Ⓒ 一番おもしろかったゲームと、つまらなかったゲームを教えてください。
おもしろかったゲーム　ページ（　　　　P）
つまらなかったゲーム　ページ（　　　　P）

Ⓓ ゲームのほかに、おもしろかったページを教えてください。
ページ（　　　　P）
理　由

Ⓔ 最近おもしろかった本、まんが、動画、テレビ番組、映画、ゲームを教えてください。

Ⓕ あなたが作ったクイズを教えてください。おもしろいクイズは、本にのるかも！
もんだい（　　　　　　）
こ た え（　　　　　　）

♥メッセージを書いてね！

ご協力、ありがとうございました！

すると、メガネをかけた人魚《にんぎょ》の女《おんな》のひとがルカに話《はな》しかけてきました。

「あら、あなたは新入生《しんにゅうせい》？」

「いえっ、わたしは……」

見学《けんがく》ですと言《い》おうとしたところ、ララがかわりに答《こた》えます。

「そうなんですよ、**アンナ先生《せんせい》**。この子《こ》はわたしの友《とも》だちのルカです！」

「まぁ、ララの紹介《しょうかい》ということね。わかりました。それではルカ、あなたもこれをつけて」

アンナ先生《せんせい》はそう言《い》うと、キラキラした星型《ほしがた》のチャームつきのネック

レスをルカに渡《わた》しました。

これって、ララがつけてたネックレスと同《おな》じじゃない？

「あ、ありがとうございますっ」

ネックレスを首《くび》につけてよく見《み》ると、チャームの真《ま》ん中《なか》に白《しろ》い大《おお》きなパールがはめこまれています。

ララのパールは黄色《きいろ》だけど、わたしは白《しろ》なんだ。

すると、先生《せんせい》がルカに言《い》いました。

「これは『**スターネックレス**』といって、この学園《がくえん》の生徒《せいと》であるあかしなの。**真《ま》ん中《なか》にはめこまれたパールの色《いろ》で、生徒《せいと》のランクがわかるようになっているんですよ**」

ミニクイズ22の答《こた》え　マルチーズ（犬《いぬ》の種類《しゅるい》だよ！）

ことばさがしクイズ

海《うみ》の仲間《なかま》たちが、ルカの入学《にゅうがく》をお祝《いわ》いしに来《き》てくれたみたいだよ。9文字《もじ》を組《く》み合《あ》わせて、①～③にかくれている生《い》きものをさがしてね！（答《こた》えはP103にあるよ）

①□□□□ ②□□□ ③□□

「ランク、ですか？」

「ええ。最初《さいしょ》は白《しろ》からスタートして、**黄色《きいろ》**→**赤《あか》**→**青《あお》**→**紫《むらさき》**→**金《きん》**→**虹色《にじいろ》**と試《し》験《けん》をクリアするほどランクが上《あ》がり、パールの色《いろ》が変《か》わっていきます。パールが虹色《にじいろ》になると、スターマーメイド、スターマーマンとして認定《にんてい》されるのです」

アンナ先生《せんせい》はそう説明《せつめい》すると、ルカに元気《げんき》よく声《こえ》をかけます。

「ルカもスターマーメイドを目指《めざ》して、いっしょにがんばりましょう！」

「えっ⁉」

わ、わたしも⁉

というわけで、さっそくルカも授業《じゅぎょう》に参加《さんか》することになりました。

「一時間目《いちじかんめ》はスピードスイミングの授業《じゅぎょう》です」

アンナ先生《せんせい》がみんなに呼《よ》びかけます。

「むこうにある赤《あか》い旗《はた》まで泳《およ》いだら、ターンして戻《もど》ってきてください。だれがいちばんはやく戻《もど》れるか、競争《きょうそう》よ。まずはAグループ、位置《いち》についてよーい……」

★ミニクイズ23★ 海《うみ》の生《い》きものに飲《の》みこまれちゃったバスってなんだ？

――ピーッ！

先生《せんせい》が首《くび》につけていた貝《かい》がらの笛《ふえ》を吹《ふ》くと、Ａグループの生徒《せいと》たちがいっせいに泳《およ》ぎ出《だ》しました。

わぁっ。速《はや》い……！

想像《そうぞう》以上《いじょう》のスピードに、ルカは目《め》を見《み》はります。

なかでもとくに速《はや》かったのは、ララとシオン。

抜《ぬ》いたり抜《ぬ》かされたりしながらぐ

んぐん泳《およ》いでいくふたりは、あっとうてきです。

すごいなぁ。人魚《にんぎょ》って、こんなに速《はや》く泳《およ》げるんだ……！

だけど、ふたりがターンして戻《もど》ってきたところで、今度《こんど》はシオンがいっきにララをつきはなしました。

そのままシオンは、ダントツ1位《い》でゴール。

ララもつづけてゴールします。

すると、近《ちか》くでそれを見《み》ていた黒《くろ》いロングヘアの人魚《にんぎょ》の女《おんな》の子《こ》が、目《め》をハートにしてさけびました。

「**きゃあっ、さすがシオンね！　ステキ～！**」

頭《あたま》には金《きん》のティアラをつけて、ドレスのような服《ふく》を着《き》ているので、どこ

ミニクイズ23の答《こた》え　タバスコ

かの国《くに》のお姫《ひめ》さまのようです。

このお姫《ひめ》さまは、シオンのファンなのかな？

なんてルカが考《かんが》えていると、泳《およ》ぎ終《お》えたララが戻《もど》ってきました。

「ララ、すごかったね！　おつかれさま」

ルカが声《こえ》をかけると、ララはくやしそうにつぶやきます。

「もう、またシオンに負《ま》けた～っ」

するとうしろからシオンがやってきて、ララに言《い》いました。

「あたりまえだろ。ララはおれには勝《か》てねーよ」

「そんなことないっ。次《つぎ》はぜったいに負《ま》けないからね！」

ララがシオンをビシッと指《ゆび》さすと、シオンはよゆうの笑《え》みをうかべます。

そんなとき、ルカがシオンのつけているネックレスをよく見《み》たら、青《あお》のパールがかがやいていることに気《き》がつきました。

あれ？　まわりのみんなはほとんどが赤《あか》のパールだけど……シオンは青《あお》なんだ。

ということは、みんなよりもランクが上《うえ》ってこと？

じーっと見《み》ていると、シオンと目《め》が合《あ》ってドキッとします。

「ん？　おまえ、いつのまにクリスタル学園《がくえん》の生徒《せいと》になったんだ？」

「え、えっと……見学《けんがく》しにきたら先生《せんせい》がネックレスをくれて、いっしょに

★ミニクイズ24★　真《ま》ん中《なか》はぜったいに食《た》べられないお菓子《かし》って？

授業《じゅぎょう》を受《う》けていいって」

「ふーん……」

なんだか不審《ふしん》に思《おも》われているような気《き》がして、ルカはそわそわしてしまいました。

「次《つぎ》はBグループ！」

すると、今度《こんど》はルカたちのグループが呼《よ》ばれます。

ルカはあわててスタート地点《ちてん》へ移動《いどう》しました。

「位置《いち》について、よーい……」

――ピーッ！

笛《ふえ》の合図《あいず》とともに、みんながいっせいに泳《およ》ぎはじめます。

ルカは少《すこ》し出《で》おくれながらも、尾《お》びれを必死《ひっし》で動《うご》かしました。

まわりを見《み》ると、どの人魚《にんぎょ》たちもあっというまに赤《あか》い旗《はた》までたどり着《つ》いています。

わぁっ。みんな速《はや》すぎて、ぜんぜん追《お》いつけないよ～！

だけど、ふしぎと水泳《すいえい》の授業《じゅぎょう》のときみたいにあせったりはしません。

なぜなら自分《じぶん》も人魚《にんぎょ》として泳《およ》げているうれしさのほうが、勝《か》っているからです。

やっぱり、泳《およ》げるってたのしいな！

ターンして戻《もど》ったときには体《からだ》はヘトヘトでしたが、ふしぎとはれやかな気持《きも》ちでした。

★ミニクイズ25★　ABCDの中《なか》に、生《い》きものがかくれているよ！　なにかな？

「……はぁ、はぁ」

息《いき》をととのえるルカのもとに、ララがやってきます。

「ルカ、おつかれ〜！　どうだった？　はじめての授業《じゅぎょう》は」

「うん。けっきょくビリになっちゃったけど、たのしかったよ」

すると、うしろから声《こえ》が聞《き》こえてきました。

「あら〜。落《お》ちこぼれプリンセスのララじゃない」

ふりかえると、そこにいたのは先《さき》ほどシオンに見《み》とれていた、黒《くろ》い髪《かみ》のお姫《ひめ》さまです。

「**カレン！**」

ララがムッと眉《まゆ》をひそめると、カレンはうでを組《く》みながら言《い》いました。

ミニクイズ25の答《こた》え　エビ（AB《エービー》）

「そこにいる、よそものさんはだあれ？　ずいぶんのろのろ泳《およ》いでたみたいだけど」

バカにするような目《め》で見《み》られて、ルカは思《おも》わず身《み》をすくめます。

「しつれいねっ。ルカは今日《きょう》から入《はい》った新入生《しんにゅうせい》なんだから、しかたないでしょ」

すかさずララが言《い》い返《かえ》したら、カレンはまた嫌味《いやみ》っぽく笑《わら》いました。

「ふーん、そうなの。まぁ落《お》ちこぼれのララとは、気《き》が合《あ》いそうね」

「ど、どういう意味《いみ》よっ」

「べつに〜。じゃあね」

ヒラヒラと手《て》をふり去《さ》っていくカレンを見《み》て、ララは怒《おこ》った顔《かお》で言《い》います。

「もう、やっぱりカレンは苦手《にがて》！　相変《あいか》わらずイジワルなことばかり言《い》うんだからっ」

それを聞《き》いて、ルカも思《おも》います。

たしかに、わたしもちょっと苦手《にがて》なタイプかも……。

「カレンはルビー王国《おうこく》のプリンセスなんだけど、シオンのことが好《す》きなんだって。だからシオンと幼《おさな》なじみのわたしのことが、気《き》に食《く》わないみたいなの」

ララが意外《いがい》な理由《りゆう》を話《はな》してくれたので、ルカはまたおどろきました。

じゃあそれで、あんなイジワルを？　ひどいなぁ。

それにしても、**ララが落《お》ちこぼれだなんて言《い》われているのは、どうしてなんだろう？**

さきほどのララはみごとな泳《およ》ぎを見《み》せていただけに、ルカはふしぎに思《おも》いました。

P91の
ことばさがしの答《こた》え

①クリオネ
②イルカ
③タコ

★ミニクイズ26★　転《ころ》んで足《あし》をすりむいちゃった…！　すると、あるお魚《さかな》が出《で》てきたよ。なにかな？

6

落《お》ちこぼれプリンセス

「これから、うずしおの魔法《まほう》を練習《れんしゅう》します！」

2時間目《じかんめ》はなんと、魔法《まほう》の授業《じゅぎょう》でした。

どうやら人魚《にんぎょ》はみな、訓練《くんれん》をすれば魔法《まほう》を使《つか》うことができるようになるみたいです。

それならわたしも練習《れんしゅう》すれば、使《つか》えるようになるってこと？

「それでは、最初《さいしょ》はだれかにお手本《てほん》

ミニクイズ26の答《こた》え　タイ（イタイ！）

をやってもらいましょうか」

アンナ先生《せんせい》はそう言《い》うと、あたりをぐるっと見《み》まわします。

そして、ひとりの男《おとこ》の子《こ》をさして言《い》いました。

「イブ、お願《ねが》いしてもいいかしら？」

イブは「はい！」と返事《へんじ》をすると、みんなの前《まえ》に出《で》てきます。

そして、右手《みぎて》をパーにして円《えん》を描《えが》くようにまわしながら、魔法《まほう》のじゅもんをとなえはじめました。

――ゴオオォォーーッ！

とたんに大《おお》きな水《みず》のうずが巻《ま》き起《お》こり、砂《すな》や海藻《かいそう》がまきあげられていきます。

★ミニクイズ27★ 海《うみ》にいるお魚《さかな》、ぜんぶで何種類《なんしゅるい》？
①約《やく》1580種類《しゅるい》 ②約《やく》1万《まん》5800種類《しゅるい》 ③15万《まん》800種類《しゅるい》

わぁ、すごいっ。イブの前だけ嵐が起こっているみたい！

「おぉ～っ！」

見ていた生徒たちもみんな声をあげ、パチパチと拍手をしています。

「すごいね！　人魚ってあんなこともできるんだ」

ルカがつぶやくと、ララはちょっぴり苦笑いして言いました。

「まぁ、みんながあんなふうにできるわけじゃないんだけどね。イブはとくべつ魔法がじょうずなの。シオンとイブのふたりはすでにブルーランクで、学園の成績トップなんだよ」

言われてよく見ると、たしかにイブのネックレスにも青色のパールがかがやいています。

―――――――――――――――――――――――

ミニクイズ27の答え　②約1万5800種類　まだまだ新種が見つかってるんだって！

すると、イブがうずしおを止《と》めたところで、先生《せんせい》が言《い》いました。

「ありがとう、さすがイブね。うずしおの魔法《まほう》のコツは、じゅもんをスラスラととなえることと、しっかり気持《きも》ちをこめることです。今《いま》から練習《れんしゅう》をして、ひとりずつ発表《はっぴょう》するわよ」

ルカは思《おも》わずドキッとします。

えぇっ！　発表《はっぴょう》って、わたしも⁉

「どうしようっ……」

ルカがオロオロしていると、それに気《き》がついたのか、先生《せんせい》が声《こえ》をかけてきました。

「ルカ、あなたははじめてだから、今日《きょう》は練習《れんしゅう》だけでだいじょうぶよ。だ

★ミニクイズ28★　ことわざ「○○に真珠《しんじゅ》」の○《まる》の中《なか》に入《はい》る動物《どうぶつ》ってなんだ？
①猫《ねこ》　②たぬき　③豚《ぶた》

れかといっしょにレッスンするといいわ」

それを聞《き》いてルカがほっとしていたら、先生《せんせい》は今度《こんど》はシオンのところへ行《い》きました。

「シオン、あなたが教《おし》えてあげなさい」

「えっ？」

シオンがおどろいた顔《かお》をすると、近《ちか》くにいたカレンがあわてたように言《い》います。

「ま、まってください先生《せんせい》！　それならかわりにわたしが……」

「わかりました」

だけど、カレンの言葉《ことば》をさえぎるように、シオンはうなずきました。

ミニクイズ28の答《こた》え　③豚《ぶた》　貴重《きちょう》なものも、価値《かち》のわからない人《ひと》には意味《いみ》がないことのたとえだよ。

それを見《み》て、カレンはカーッと顔《かお》を赤《あか》くしながら、ルカをじっとにらみます。

な、なんかカレンを怒《おこ》らせちゃった⁉

ルカが気《き》まずい気持《きも》ちで目《め》をそらしていると、シオンがとなりにやってきました。

「ルカ、今《いま》まで魔法《まほう》を使《つか》ったことは？」

「ううん。今日《きょう》がはじめてで……」

ルカが答《こた》えると、シオンはぶあつい本《ほん》を取《と》り出《だ》してルカに渡《わた》します。

「じゃあまずは、教科書《きょうかしょ》のとおりにやってみろ。できなかったらおれに聞《き》いて」

★ミニクイズ29★　魚《さかな》売《う》り場《ば》の両端《りょうはし》にある魚《さかな》ってなんだ？

どうやらそれは、魔法《まほう》の教科書《きょうかしょ》のようです。

ルカがパラパラとページをめくると、中《なか》には見《み》たことのない文字《もじ》がたくさんならんでいました。

これは、ララのネックレスにほってあった文字《もじ》と似《に》てるけど……人魚《にんぎょ》の世界《せかい》の文字《もじ》かな？

とりあえずうずしおの魔法《まほう》らしき絵《え》が描《か》いてあるページを開《ひら》き、まね

してくるくると手《て》で円《えん》を描《えが》いてみます。

「えーっと……じゅもんはなんだっけ？」

ルカがひとりごとのようにつぶやいたら、となりで見《み》ていたシオンがつっこんできました。

「それは教科書《きょうかしょ》に書《か》いてあるだろ？」

と言《い》われても、文字《もじ》が読《よ》めないルカには、どれがじゅもんなのかもわかりません。

「そ、そうだよね……」

もう一度《いちど》教科書《きょうかしょ》を見《み》てみましたが、ルカはならんだ文字《もじ》が、だんだん暗号《あんごう》のように見《み》えてきました。

ミニクイズ29の答《こた》え　サバ（さかなうりばの両端《りょうはし》の文字《もじ》をとるよ！）

暗号《あんごう》クイズ

うずしおのじゅもんはなにかな？

人魚《にんぎょ》の文字《もじ》の表《ひょう》を見《み》ながら考《かんが》えよう！（答《こた》えはお話《はなし》の中《なか》にあるよ）

うずしおのじゅもん

人魚《にんぎょ》の文字《もじ》

うぅ、やっぱりむり……。

なんて書《か》いてあるのかぜんぜんわからないよ～！

すると、だまりこんでしまったルカを見《み》て、シオンが言《い》いました。

「もしかしておまえ、字《じ》が読《よ》めないのか？」

ルカはびくっと肩《かた》がふるえます。

ど、どうしようっ！

シオンにわたしが人魚《にんぎょ》じゃないってことが、バレちゃうかも……！

そんなとき、とつぜんうしろからぎゅっとララが抱《だ》きついてきました。

「もうっ、シオンはきびしすぎ！　ルカははじめてだからきんちょうしてるだけだよ。もっとやさしく教《おし》えてあげないと」

★ミニクイズ30★ 次《つぎ》の暗号《あんごう》を解読《かいどく》せよ！　「〇P 2」これなんだ？

ララに言《い》われたシオンは、ばつが悪《わる》そうな顔《かお》であやまってきます。

「……そっか。ごめん」

思《おも》わずルカは、ほっと胸《むね》をなでおろしました。

よかったぁ。

今《いま》ララが来《き》てくれなかったら、本気《ほんき》であやしまれるところだったよ。

するとそこで先生《せんせい》が、パンパンと手《て》をたたきます。

「はい、そろそろ練習《れんしゅう》を終《お》わります。今《いま》からひとりずつ発表《はっぴょう》してもらいますからね」

それからララのほうを見《み》て言《い》いました。

「じゃあ、最初《さいしょ》はララにやってもらいましょうか」

ミニクイズ30の答《こた》え　えんぴつ。2は英語《えいご》でツーと読《よ》むね。

「えっ⁉　わたしですか？」

とたんにララは困《こま》ったように眉《まゆ》をひそめます。

どうしたんだろうとルカが思《おも》っていたら、ララはきんちょうした様子《ようす》でみんなの前《まえ》に出《で》ていきました。

そして、右手《みぎて》をくるくるまわしながら、自信《じしん》なさげにじゅもんをとなえます。

「ル……ルポピラパピラ」

だけど、うずが巻《ま》き起《お》こるどころか、泡《あわ》すら出《で》てきません。

それを見《み》た先生《せんせい》が、ララにアドバイスするように言《い》いました。

「ララ、もう一度《いちど》大《おお》きな声《こえ》で」

★ミニクイズ31★　メスではなくオスが卵《たまご》を産《う》むお魚《さかな》はどれ？
①タツノオトシゴ　②メダカ　③チンアナゴ

「**ルポピラパピラ！**」

それでもやっぱりうずは起《お》こりません。

あたりがいっしゅん、シーンとしずけさにつつまれます。

すると、どこからかクスクスと笑《わら》うような声《こえ》が聞《き》こえてきて、ララは気《き》まずそうに下《した》を向《む》きました。

「ご、ごめんなさい。できません……」

先生《せんせい》が声《こえ》をかけます。

「ではララは、もう一度《いちど》練習《れんしゅう》してからにしましょうか」

そのまま次《つぎ》の生徒《せいと》へ交代《こうたい》となり、ララはしょぼんとした顔《かお》でうしろに下《さ》がっていきました。

ミニクイズ31の答《こた》え ①タツノオトシゴ

そのすがたを見《み》て、ルカは胸《むね》がぎゅうっとしめつけられます。

あぁ。**もしかしてララは今《いま》、プールの授業《じゅぎょう》のときのわたしと同《おな》じ気持《きも》ちなのかも……。**

ルカがすぐさまララのもとへむかうと、先《さき》にカレンがララに近《ちか》よっていき、声《こえ》をかけました。

「ぷぷっ。魔法《まほう》もろくに使《つか》えないなんて、ほんとうにプリンセスなのかしら〜？」

バカにしたように笑《わら》うカレンは、やっぱりイジワルです。

ララがなにも言《い》い返《かえ》さないでいたら、カレンはつづけて言《い》いました。

「いまだにイエローランクの落《お》ちこぼれさんには、スターマーメイドなん

★ミニクイズ32★ 海《うみ》の中《なか》にいる果物《くだもの》ってなんだ？

てむりなんじゃない？」

「うっ……」

ララはますます落《お》ちこんだように下《した》を向《む》きます。

「そ、そんな言《い》いかたしなくても……！」

思《おも》わずルカがカレンに言《い》い返《かえ》そうとしたら、ララは口《くち》を押《お》さえながら逃《に》げるように泳《およ》いでいってしまいました。

「**ララ！**」

ルカはあわててあとを追《お》いかけます。

するとララは、大《おお》きな岩《いわ》のかげにかくれるように座《すわ》ったので、ルカもとなりに腰《こし》かけました。

ミニクイズ32の答《こた》え　カキ

「ララ、だいじょうぶ？　あんな言葉気《ことばき》にしなくていいよ」

ルカが心配《しんぱい》して声《こえ》をかけると、ララは下《した》を向《む》いて答《こた》えます。

「でも、わたしが落《お》ちこぼれなのはほんとうだよ。**パールの色《いろ》もまだ黄色《きいろ》だし。やっぱり、スターマーメイドなんてむりなのかな……」**

その様子《ようす》は、いつもの元気《げんき》なララとちがって、ひどく落《お》ちこんでいるようです。

ほうっておけなくなったルカは、ララの手《て》をぎゅっとにぎって声《こえ》をかけました。

「そんなことないっ。**ララならぜったいになれるよ！**　これからふたりで魔法《まほう》の練習《れんしゅう》をしよう！」

★ミニクイズ33★　海《うみ》で事故《じこ》があったとき、何番《なんばん》に通報《つうほう》する？　①110番《ばん》　②119番《ばん》　③118番《ばん》

7

ふたりでいっしょに

授業《じゅぎょう》のあと、ふたりはカラフルな海藻《かいそう》がたくさんはえた広場《ひろば》へとやってきました。

あたりにはだれもいないので、練《れん》習《しゅう》場所《ばしょ》にはもってこいです。

「ここは『**トロピカル広場《ひろば》**』。よくリボンといっしょに来《く》る場所《ばしょ》なんだ。ね、リボン」

ララがそう言《い》うと、リボンは「プクプクッ」と返事《へんじ》しました。

ミニクイズ33の答《こた》え　③118番《ばん》　覚《おぼ》えておくといいね！

すると、さっきのことを思《おも》い出《だ》したように、ララが語《かた》りはじめます。

「わたし、魔法《まほう》の授業《じゅぎょう》は苦手《にがて》で……いつもうまくできないの。うずしおの魔法《まほう》もまだ一度《いちど》も成功《せいこう》したことがなくて。まわりから『プリンセスなのに』って落《お》ちこぼれみたいに言《い》われるのがつらいんだ」

それを聞《き》いたルカは、コクコクとうなずくと、自分《じぶん》のことを打《う》ち明《あ》けました。

「ララの気持《きも》ち、よーくわかるよ。わたしも昨日《きのう》、プールの授業《じゅぎょう》でひとりだけ泳《およ》げなくて、すごくはずかしかったから……」

ルカはララをじっと見《み》つめます。

「でもララは、落《お》ちこぼれなんかじゃないよ。**魔法《まほう》ができなくても、みん**

★ミニクイズ34★　ごはんが大好《だいす》きで、いっぱい食《た》べたがるブリってなんだ？

なより速《はや》く泳《およ》げるララはとってもすごいんだから！」

ルカがはげますように声《こえ》をかけたら、ララは目《め》をうるませました。

「ありがとう。ルカ」

そして、しみじみとした顔《かお》で言《い》います。

「やっぱりわたし、イヤリングをルカにあげてよかった。**じつはそのイヤリングね、まぼろしの人魚《にんぎょ》からも**

らったんだ」

とつぜん思《おも》いがけないことを聞《き》かされて、ルカは目《め》を丸《まる》くしました。

「えっ！　**じゃあララは、まぼろしの人魚《にんぎょ》に会《あ》ったことがあるの⁉」**

「うん、だれにもないしょだよ。といっても、ほんものかどうかはわからないんだけどね」

ルカはなんだか急《きゅう》にドキドキしてきます。

じゃあ、あのまぼろしの人魚《にんぎょ》の話《はなし》は、ただの言《い》い伝《つた》えじゃないってことかな？

すると、ララが語《かた》りはじめました。

「むかし、おばあちゃんの家《いえ》の庭《にわ》で遊《あそ》んでたらね、めずらしいピンク色《いろ》のイルカを見《み》つけたから追《お》いかけたの。でもその途《と》中《ちゅう》で迷子《まいご》になっちゃって。ひとりで泣《な》いてたら、そこにとつぜんきれいな女《おんな》のひとがあらわれたんだよね」

ルカは思《おも》わず聞《き》き返《かえ》します。

「それが、まぼろしの人魚《にんぎょ》？」

「たぶんね。どんな顔《かお》かはおぼえてないけど、髪《かみ》やうろこが虹色《にじいろ》に光《ひか》りかがやいてて、とってもきれいだったの」

ララがとてもうっとりしたように話《はな》すので、ルカはますますそのすがたを見《み》てみたくなりました。

「その人魚《にんぎょ》が、わたしをおばあちゃんの家《いえ》まで送《おく》ってくれて、別《わか》れぎわに

★ミニクイズ35★　お引《ひ》っ越《こ》しが大好《だいす》きな海《うみ》の生《い》きものってなんだ？

このイヤリングを渡《わた》しながらこう言《い》ったの」

『もしいつか人間《にんげん》のお友《とも》だちができたら、そのときはこれをプレゼントするといいわ』

「えっ！　だからわたしにこれを？」

「うん。でも、『このことはだれにもひみつね』って言《い》われたから、ママにも言《い》わなかったの。まぼろしの人魚《にんぎょ》の存在《そんざい》は、ママもしんじてないし」

どうやらララはその約束《やくそく》を守《まも》って、ほかの人魚《にんぎょ》にはずっとひみつにしていたようです。

「そうなんだ。じゃあそのおかげで、わたしは人魚《にんぎょ》になれたんだね」

ルカがそう言《い》って耳《みみ》につけたイヤリングにふれたら、ララは笑顔《えがお》でうなずきました。

「うん。まるでルカと出会《であ》うことを、予言《よげん》されてたみたい」

「ほんとだね！」

ララとの出会《であ》いが運命《うんめい》のように思《おも》えて、ルカは胸《むね》が熱《あつ》くなります。

ミニクイズ35の答《こた》え　ヤドカリ

「じゃあ、そろそろ練習《れんしゅう》しよっか」

そこでルカがきりだしたら、あることが頭《あたま》をよぎって、ハッと口《くち》を押《お》さえました。

「そういえば、わたしはほんものの人魚《にんぎょ》じゃないけど、魔法《まほう》をつかえるのかな？」

さっきからずっと気《き》になっていたことです。

すると、ララはうなずきました。

「つかえるよ、きっと。じゃあどっちが先《さき》に成功《せいこう》するか、練習《れんしゅう》ね！」

「うん！　ちなみにどうやるんだっけ？」

ルカがたずねると、ララが説明《せつめい》してくれます。

★ミニクイズ36★　星《ほし》は星《ほし》でも、空《そら》にはない星《ほし》は？

「まずは片手《かたて》をひらいて、円《えん》を描《えが》くようにくるくるとまわすの。それから

ね……ルポピラパピラ！」

お手本《てほん》を見《み》せるようにララがじゅもんをとなえたら、いっしゅんブクブ

クッと大《おお》きな泡《あわ》がたちました。

「あれ？　今《いま》ちょっと泡《あわ》が出《で》たんじゃない!?」

ルカに言《い》われて、ララもハッとした顔《かお》になります。

「ほんとだ！　いつもはなにも出《で》ないのに」

「すごいよララ！　よし、わたしもやってみるね」

つづけてルカも、まねしてやってみます。

「ルタオポポシピノラトパッピゴラ！」

ミニクイズ36の答《こた》え　スターフルーツ

だけど、なにも起《お》こりません。

じゅもんもなんだかへんな感《かん》じです。

★ならびかえクイズ★

「ルタオポシピノラトパツピゴラ！」

ルカがまちがえたじゅもんのなかに、海《うみ》の生《い》きものの名前《なまえ》がかくれているよ。じゅもん以外《いがい》の文字《もじ》を抜《ぬ》いてならびかえて、かくれている生《い》きものの名前《なまえ》を見《み》つけよう！

（答《こた》えはP136にあるよ！）


「もうルカ、まちがってるよ～。正《ただ》しくは、ルポピラパピラ！」

するとララが、すかさずていせいしてくれました。

「あ、そっかぁ」

はずかしそうに頭《あたま》をかくルカを見《み》て、ララが言《い》います。

「でもなんか、ルカと話《はな》してたら元気《げんき》になってきちゃった」

「ほんと？　よかった～」

「そうだ。わたしがルカに泳《およ》ぎかたのコツをおしえてあげようか？」

ララが思《おも》いついたように提案《ていあん》してくれたので、ルカはうなずきました。

「うん、おしえて！」

「こうやってね、体《からだ》に力《ちから》を入《い》れないで、水《みず》に身《み》をまかせるイメージで泳《およ》ぐんだよ」

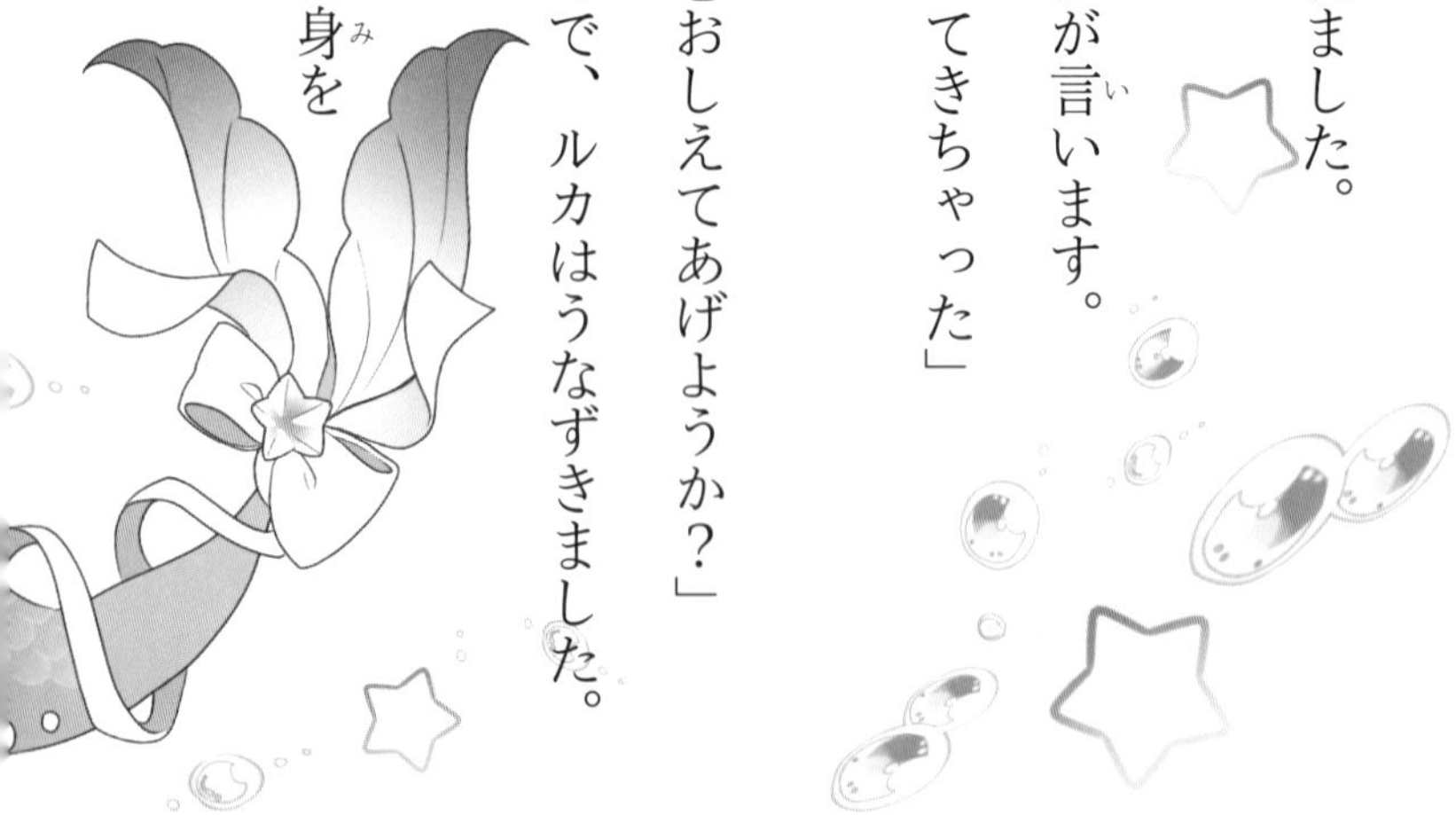

★ミニクイズ37★　1枚《まい》だときれないけど、たくさん集《あつ》まるときれるものって？

ララは身《み》ぶり手《て》ぶりをまじえながら教《おし》えてくれます。

ルカはさっそく言《い》われたとおりに泳《およ》いでみました。

「ほんとだ！　なんだかさっきより、スイスイ泳《およ》げるようになったかも」

「でしょ？　じゃあ今《いま》からわたしとルカとリボンで追《お》いか

けっこね！　よーい、スタート！」

ララがそう言《い》ってリボンと泳《およ》ぎはじめたので、ルカもうしろからついていきます。

「まって〜！」

「ふふっ。こっちだよ〜！」

そのままいっしょに追《お》いかけっこをしていたら、楽《たの》しくてあっというまに時間《じかん》がすぎていきました。

☆　☆　☆

帰《かえ》りぎわ、ルカはララにもといた桟橋《さんばし》の近《ちか》くまで送《おく》ってもらいました。

そろそろ家《いえ》に帰《かえ》らないと、ママが心配《しんぱい》しているかもしれません。

ミニクイズ37の答《こた》え　トランプ

「今日《きょう》はありがとう。すごく楽《たの》しかった！」

ルカがそう言《い》うと、ララはなごりおしそうにルカの手《て》をぎゅっとにぎりました。

「わたしのほうこそありがとう。ほんとに楽《たの》しかったよ。ぜったいまた会《あ》おうね！」

「うん。もちろん！」

だけどルカは、急《きゅう》に不安《ふあん》になります。

「ねぇララ。このイヤリングをはずせば、もとのすがたにもどれるのかな？」

ルカがといかけたら、ララは笑顔《えがお》でうなずきました。

「うん、きっともどれるよ。今《いま》からためしてみよう」

ルカが桟橋《さんばし》に腰《こし》かけておそるおそるイヤリングをはずすと、パァッと足元《あしもと》が光《ひか》って、体《からだ》が水《みず》しぶきにつつまれます。

そして、あっというまに人間《にんげん》のすがたにもどることができました。

「よかったぁ！　ほんとにもどれた」

「ふふ。これでいつでも遊《あそ》びにこれるね」

ララがふと、思《おも》い出《だ》したようにルカにたずねます。

「ねぇルカ。ルカの言《い》ってたアイスクリームって、人間《にんげん》の世界《せかい》にはあるの？」

「うん。あるよ！」

★ミニクイズ38★　『さん　さん　さん　さん　さん』これなんだ？

「わたし、一度《いちど》でいいから食《た》べてみたいなぁ」

ララがそう言《い》ったのを聞《き》いて、ルカはポンと自分《じぶん》の胸《むね》をたたきました。

「いいよっ。じゃあわたしが、とっておきのアイスクリームをララにつくってあげる！」

「えっ。ルカはアイスクリームをつくれるの？」

「うん。だってうちの家《いえ》は、アイス

クリーム屋《や》さんだから！」

ルカが答《こた》えると、ララはキラキラと目《め》をかがやかせます。

「そうだったの⁉　すてき！　じゃあ約束《やくそく》ねっ」

「うんっ。約束《やくそく》！」

ふたりはぎゅっと指切《ゆびき》りをすると、手《て》をふって別《わか》れました。

P129の
ならびかえクイズの答《こた》え

タツノオトシゴ

ミニクイズ38の答《こた》え　さんご

8

トレジャーテスト

よく朝《あさ》の日曜日《にちようび》。

ルカは、学校《がっこう》のプールで泳《およ》ぎの練《れん》習《しゅう》をすることにしました。

夏《なつ》のあいだは、休《やす》みの日《ひ》でもプールを解放《かいほう》してくれているのです。

この前《まえ》まではいやでしかたがなかったテストですが、今日《きょう》はすこし気持《きも》ちがちがいました。

だってわたし、**人魚《にんぎょ》になって海《うみ》の中《なか》を泳《およ》いだんだよ。**

★ミニクイズ39★　1週間《しゅうかん》のうち、木曜日《もくようび》と金曜日《きんようび》だけ使《つか》える楽器《がっき》ってなんだ？

人魚姫《にんぎょひめ》のララと友《とも》だちになって、人魚《にんぎょ》の国《くに》へ行《い》ったんだ！

そう思《おも》うと、プールでも泳《およ》げるんじゃないかという気《き》になってきます。

おそるおそる水《みず》の中《なか》に入《はい》ると、体《からだ》がひんやりとつめたくなります。

だけど、前《まえ》ほど苦手《にがて》には感《かん》じません。

ルカは昨日《きのう》のララのアドバイスを思《おも》い出《だ》しながら、泳《およ》いでみることにしました。

だいじょうぶ。体《からだ》の力《ちから》を抜《ぬ》いて、水《みず》に身《み》をまかせて……。

――**バシャバシャ！**

そうしたらスーッと前《まえ》に進《すす》んだような気《き》がして、ルカはおどろきました。

あれっ？　今《いま》ちょっとだけ泳《およ》げた？

ミニクイズ39の答《こた》え　木琴《もっきん》（木金《もくきん》）

だけど、とたんにまた体《からだ》が重《おも》たくなって、しずんでしまいます。

あぁ～。すぐに足《あし》がついちゃった。

それでもこの前《まえ》にくらべれば、大《おお》きな進歩《しんぽ》です。

「よし、もう一回《いっかい》！」

そのまま何度《なんど》もチャレンジしていたら、少《すこ》しは感覚《かんかく》がつかめたような気《き》がして、ルカは前《まえ》よりテストがゆううつではなくなりました。

今日《きょう》もこのあと人魚《にんぎょ》の世界《せかい》に遊《あそ》びにいく予定《よてい》だから、楽《たの》しみだな。

はやくララに会《あ》いたいよ！


「いってきまーす！」

★ミニクイズ40★ 花《はな》は花《はな》でも、空《そら》に咲《さ》く花《はな》って？

お昼《ひる》ごはんを食《た》べたルカは、いそいで家《いえ》を飛《と》び出《だ》しました。

昨日《きのう》ララと会《あ》った桟橋《さんばし》へといそぎます。

よし、だれもいない！

まわりをぐるっとかくにんしたところで、ルカはポケットから貝《かい》がらのイヤリングを取《と》り出《だ》しました。

耳《みみ》にはめると、海水《かいすい》に足《あし》をひたします。

――パアアッ！

すると、とたんに足元《あしもと》が七色《なないろ》に光《ひか》りだし、キラキラと水《みず》しぶきがまいあがりました。

気《き》がつけば足《あし》がピンク色《いろ》の尾《お》びれに、服装《ふくそう》もフリルのキャミソールに変《か》

ミニクイズ40の答《こた》え　花火《はなび》

わっていて、ルカはうれしくなります。

よかったぁ。ぶじにまた人魚《にんぎょ》に変身《へんしん》できた！

ララ、まっててね……！

ルカはそのままバシャンと海《うみ》に飛《と》びこむと、ダイヤモンド王国《おうこく》へとむかいました。

・—★—・—★—・—★—・

「ルカ！」

しばらく泳《およ》いでいると、むこうからララがやってきて、声《こえ》をかけてきました。

となりには、リボンのすがたもあります。

・—★—・—★—・—★—・—★—・—★—・—★—・—★—・—★—・—★—・—★—・

★ミニクイズ41★　たまてばこの中身《なかみ》をぜんぶ出《だ》したらなにになる？

「わぁ、ララ！　来《き》てくれたの？」

ルカがうれしそうに言《い》うと、ララはニコッと笑《わら》います。

「うん、ルカをむかえにきたんだよ」

「プクプクッ！」

リボンもルカの肩《かた》を、ツンツンとつついてきます。

「ふたりとも、ありがとう！」

すると、ララがルカに言《い》いました。

「今日《きょう》はこれから学園《がくえん》で、**とくべつなテスト**をやるんだって。ルカもはやくおいで！」

「えっ。テスト!?」

ミニクイズ41の答《こた》え　たこ（「た」まてば「こ」）

ララに手《て》まねきされてついていきますが、ルカはふと不安《ふあん》になります。

わたし、入《はい》ったばかりなのに、いきなりテストなんてできるのかな？

すると、クリスタル学園《がくえん》の校舎《こうしゃ》の前《まえ》には、たくさんの人魚《にんぎょ》たちがすでにあつまっていました。

ルカたちもそのうしろにならぶと、先生《せんせい》がみんなに声《こえ》をかけます。

「これから**トレジャーテスト**をはじめます。今日《きょう》のミッションは、海底《かいてい》にかくしたこの『**星《ほし》の指輪《ゆびわ》**』を見《み》つけてくることです」

アンナ先生《せんせい》はそう言《い》うと、キラキラとかがやく星型《ほしがた》のクリスタルがついた指輪《ゆびわ》を取《と》り出《だ》しました。

じゃあ、この指輪《ゆびわ》をさがすのがテストってこと？

★ミニクイズ 42★ 水平線《すいへいせん》までの距離《きょり》ってどれくらいだと思《おも》う？

よかった。宝《たから》さがしみたいでちょっと楽《たの》しそう！

ルカがほっとしていると、先生《せんせい》がつづけます。

「ちなみにこのテストは、ペアを組《く》んで協力《きょうりょく》しながらチャレンジしてもらいます」

聞《き》いたしゅんかん、となりにいたララがルカの手《て》を取《と》りました。

「ペアだって！　ルカ、いっしょにやろう！」

「うん！」

ララもいっしょだと思《おも》うと、なんだかワクワクしてきます。

「かくした指輪《ゆびわ》は全部《ぜんぶ》で10個《こ》。見《み》つけたペアはテストに合格《ごうかく》とし、ポイントを与《あた》えます」

先生《せんせい》からせつめいを聞《き》いたルカは、ララにたずねました。

「ポイントって？」

「クリスタルポイントのことだよ。この学園《がくえん》では、テストをクリアしてクリスタルポイントをあつめると、パールのランクが上《あ》がるの」

「なるほど～」

じゃあ、がんばって指輪《ゆびわ》を見《み》つけなきゃ！

ルカもますます気合《きあ》いがはいります。

そんなとき、すぐ近《ちか》くでカレンの声《こえ》がしました。

ミニクイズ42の答《こた》え　約《やく》4500メートル！　歩《ある》いて1時間《じかん》くらいの距離《きょり》だよ。

「ねぇシオン、わたしといっしょにペアを組《く》まない？」

どうやらカレンはシオンをペアの相手《あいて》に誘《さそ》っているようです。

だけどシオンは、すぐ首《くび》を横《よこ》にふります。

「ごめん。おれはもうイブとペアを組《く》んでるから」

「え〜っ！　ざんねん……」

カレンはがっくりと肩《かた》を落《お》とすと、ほかの人魚《にんぎょ》を誘《さそ》いにいきました。

「カレンは、ほんとうにシオンが好《す》きなんだね」

ルカがつぶやくと、ララは苦笑《にがわら》いしながらうなずきます。

「うん。シオンはぜんぜん気《き》づいてないみたいだけど……」

するとそこに、サリーがやってきました。

「ララ、ルカ、こんにちは〜っ」

「あ、サリー！」

ララが手《て》をふると、サリーはポシェットから水晶玉《すいしょうだま》を取《と》り出《だ》して、目《め》の前《まえ》に浮《う》かべます。

「今《いま》からふたりの今日《きょう》のラッキーカラーを占《うらな》ってあげます。さぁ、まずはララ。水晶玉《すいしょうだま》を見《み》て」

サリーに言《い》われたとおり、ララは水晶玉《すいしょうだま》をじっと見《み》つめました。

すると、水晶玉《すいしょうだま》の上半分《うえはんぶん》がピンクに、下半分《したはんぶん》が黒《くろ》に変《か》わります。

「今日《きょう》のララの**ラッキーカラーはピンク。バッドカラーは黒**《くろ》ですね」

「えっ。バッドカラー？」

★ミニクイズ43★　虹《にじ》の七色《なないろ》、ぜんぶ言《い》えるかな？

ララが聞《き》き返《かえ》すと、サリーは答《こた》えます。

「災《わざわ》いを呼《よ》ぶカラーのことです。今日《きょう》ララは、黒《くろ》いものにはよーく気《き》をつけてくださいね」

「わ、わかった」

つづけてルカも占《うらな》ってもらったら、ラッキーカラーはラベンダー色《いろ》、バッドカラーは黒《くろ》でした。

「わぁっ。わたしたち、おたがいの尾《お》びれの色《いろ》がラッキーカラーだね！」

「ほんとだ！　バッドカラーまでいっしょ！」

思《おも》わずおたがい顔《かお》を見合《みあ》わせます。

「きっと、ふたりで協力《きょうりょく》すればうまくいくってことだよ」

ミニクイズ43の答《こた》え　外側《そとがわ》から【赤《あか》・橙《だいだい》・黄《き》・緑《みどり》・青《あお》・藍《あい》・紫《むらさき》】だよ！

「うんっ。いっしょにがんばろう！」
ふたりはサリーにお礼《れい》を言《い》うと、さっそく指輪《ゆびわ》をさがしにいきました。

P190に、サリーのラッキーカラー診断《しんだん》ができるコーナーがあるよ。
あなたのラッキーカラーはなにかな？
ぜひトライしてみてね！

★ミニクイズ44★　川《かわ》は川《かわ》でも、流《なが》れていない川《かわ》はなんだ？

9

迷子《まいご》のリボン

「よーし！　こうなったら、いちばんに見《み》つけてみせる！」

ララがはりきって海藻《かいそう》のしげみをかきわけます。

「プクプク、プクゥ！」

つづけてリボンもいっしょになってさがすように、海藻《かいそう》のすきまに入《はい》りこみました。

よし、わたしも……！

ルカもサンゴやイソギンチャクの

ミニクイズ44の答《こた》え　天《あま》の川《がわ》

まわりを泳《およ》いで、いっしょうけんめい指輪《ゆびわ》をさがします。

するとそこで、キラッとなにかが光《ひか》ったことに気《き》がつきました。

「**あっ、見《み》つけた！**」

ルカが声《こえ》をあげると、ララが寄《よ》ってきます。

「ほんと⁉　どれどれ？」

だけど、よく見《み》たらそれは指輪《ゆびわ》ではなく、スパンコールを貼《は》りつけたようにキラキラした、きれいなヒトデでした。

「……って、これはヒトデ？」

「うん、**キラリンヒトデ**ね。キラキラ光《ひか》ってるから、よく宝石《ほうせき》とかんちがいされちゃうの」

★ミニクイズ45★　天気《てんき》の良《よ》い日《ひ》には見《み》つからない鳥《とり》ってなんだ？

「なんだ〜。見《み》つけたと思《おも》ったんだけどなぁ」

そんなとき、ふたりは近《ちか》くにシオンとイブのすがたを発見《はっけん》しました。

シオンはランプのように光《ひか》る海藻《かいそう》を手《て》に持《も》ち、イブは両手《りょうて》で魔法《まほう》を使《つか》うようなしぐさをしています。

「ミマルル・ラルトトラ！」

イブがじゅもんをとなえたとたん、落《お》ちていた石《いし》や貝《かい》がらが、ゆらっと浮《う》かびあがりました。

わぁっ！　あれは、念力《ねんりき》の魔法《まほう》？

シオンがその下《した》を、光《ひか》る海藻《かいそう》で照《て》らしながらさがします。

「うーん。ここにもないみたいだな……」

ミニクイズ45の答《こた》え　あまやどり

そしたらとなりでその様子《ようす》を見《み》ていたララが、ルカに話《はな》しかけました。

「さすが。あのふたりはさがしかたもじょうずだね！」

「うん。イブはいろんな魔法《まほう》がつかえるんだね」

ルカが感心《かんしん》したように言《い》うと、ふたりに気《き》がついたイブが声《こえ》をかけてきます。

「やっほー、ふたりとも。どうかな、見《み》つけられそう？」

聞《き》かれてララは、首《くび》を横《よこ》にふりました。

「ううん。まだぜーんぜん」

「それじゃあ、息抜《いきぬ》きにここでクイズです！」

すると、イブがとつぜんニコニコしながらきりだします。

★ミニクイズ46★　ハリセンボンのトゲは1000本《ぼん》ある！　○×どっちだと思《おも》う？

★なぞなぞクイズ★

「次《つぎ》のうち、板《いた》にのせたらアイデアを思《おも》いつく魚《さかな》はどーれだ？」

①マグロ　②カレイ

③ヒラメ　④タイ

「えーっ。アイデアを思《おも》いつく魚《さかな》？　どれだろう」

ララがうーんと考《かんが》えこみます。

「板《いた》の上《うえ》で思《おも》いつく？　板《いた》、いた……あっ！」

そこでルカは、ハッとひらめきました。

ミニクイズ46の答《こた》え　×　約《やく》350本《ぽん》なんだって！

「わかった！　答《こた》えは③**のヒラメ！**」

「ピンポーン！　正解《せいかい》です！」

イブがビシッとルカのほうを指《ゆび》さすと、ララがきょとんとした顔《かお》で聞《き》いてきます。

「えっ。どうして？」

「魚《さかな》の名前《なまえ》の下《した》に、『いた（板《いた》）』の文字《もじ》をくっつけるの。そしたらヒラメは『ひらめいた』になるでしょ？」

ルカがせつめいすると、ララはなるほどといった顔《かお》でうなずきました。

「そっか〜！　つまりルカもひらめいたんだね！」

「ふふっ。そのとおり」

★ミニクイズ47★　海《うみ》にしずんだのに、海《うみ》をさがしても見《み》つからないものはなに？

「**あれ？　そういえばリボンは？**」

そこでふと、ララがとなりをかくにんしたら、リボンのすがたがないことに気《き》がつきました。

「さっきまで、そこの海藻《かいそう》の近《ちか》くにいたはずなんだけど……」

ルカもきょろきょろとあたりを見《み》まわしますが、いないようです。

「リボン！　どこにいるの？」

「リボンー！」

ララといっしょに呼《よ》びかけてみましたが、リボンは出《で》てきません。

「**ど、どうしようっ。リボンがいなくなっちゃった……！**」

ララはとたんに顔《かお》を真《ま》っ青《さお》にしてさけびました。

ミニクイズ47の答《こた》え　太陽《たいよう》

「リボン、出《で》ておいで～！」

ルカたちは、あたりを泳《およ》ぎまわって必死《ひっし》でリボンをさがします。

だけど、リボンのすがたはどこにも見《み》あたりません。

「おかしいな。リボンはかってに遠《とお》くへ行《い》ったりはしないはずなのに……」

不安《ふあん》そうな顔《かお》でララがつぶやくと、シオンとイブが言《い》います。

「こうなったら指輪《ゆびわ》より、リボンさがしが先《さき》だな」

「うん。じゃあぼくたちはあっちをさがしてみるよ」

ふたりも手伝《てつだ》ってくれるというので、それぞれ手分《てわ》けしてさがすことになりました。

★ミニクイズ48★ 海《うみ》でも空《そら》でも泳《およ》げる生《い》きものってなんだ？

「ねぇルカ。まさかリボンはサメに食《た》べられちゃったりしてないよね……？」

ララが泣《な》きそうな顔《かお》でたずねます。

「だいじょうぶだよ、ララ。リボンはぜったいにぶじだよ！」

ルカは必死《ひっし》でララをはげましました。

まずは先《さき》ほど来《き》た道《みち》をさがしてみましたが、リボンはやっぱり見《み》あたりません。すると、ララがふとむこうを指《ゆび》さして言《い》いました。

「もしかしたら『**めいろの森《もり》**』に入《はい》って迷子《まいご》になっちゃったのかも！」

「えっ。めいろの森《もり》？」

「うん。サンゴや海藻《かいそう》がいっぱい生《は》えてる森《もり》で、むかしわたしが迷子《まいご》になった場所《ばしょ》なの」

ミニクイズ48の答《こた》え　タコ

「よし、行《い》ってみよう！」

ふたりはさっそく森《もり》へ向《む》かうことにしました。

・－☆－・－☆－・－☆－・

めいろの森《もり》に到着《とうちゃく》すると、ピンク色《いろ》のサンゴやエメラルドグリーンの海藻《かいそう》があたり一面《いちめん》に生《お》いしげっていました。

大《おお》きな岩《いわ》もたくさんならんでいて、たしかにめいろみたいです。

「リボンー！　どこにいるの？」

呼《よ》びかけながら進《すす》んでいくララを、ルカも追《お》いかけてさがします。

だけど、かくれられそうな場所《ばしょ》がいっぱいあって、なかなかリボンらしき魚《さかな》を見《み》つけられません。

★ミニクイズ49★　「森《もり》」にかくれている動物《どうぶつ》はなにかな？

しりとりめいろ

スタートから
ゴールまで、
イラストになっている言葉《ことば》を
しりとりでつなげていってね！
（答《こた》えはP164にあるよ）

ゴール！
リボン

するとルカは、ふとサンゴと海藻《かいそう》のあいだから、ヒラヒラしたパステルブルーの尾《お》びれが見《み》えているのを発見《はっけん》しました。

「ねぇあれ、もしかしてリボンじゃない!?」

ルカがとっさに指《ゆび》をさすと、ララもそちらを見《み》ます。

「ほんとだ！　リボン!!」

ララが大声《おおごえ》でさけぶと、

リボンがぴょこっと飛《と》び出《だ》してきました。

「プクプクッ。ププー！」

ララはいそいでリボンのもとへ泳《およ》いでいくと、

いきおいよくぎゅっと抱《だ》きしめます。

ミニクイズ49の答《こた》え　キリン（木《き》＋林《りん》で「きりん」）

「よかった〜！
もう、心配《しんぱい》したんだからっ」

そんなとき――。

とつぜん前《まえ》のほうから大《おお》きな黒《くろ》いかげが近《ちか》づいてくるのが見《み》えて、ルカはハッとしました。

「ねぇララ！　前《まえ》からなにか近《ちか》づいてきたよ！」

ルカがつげると、ララがそれを見《み》て大声《おおごえ》でさけびます。

「きゃあっ！　あれは**ブラックシャーク!!**」

P160のしりとりめいろの答《こた》え

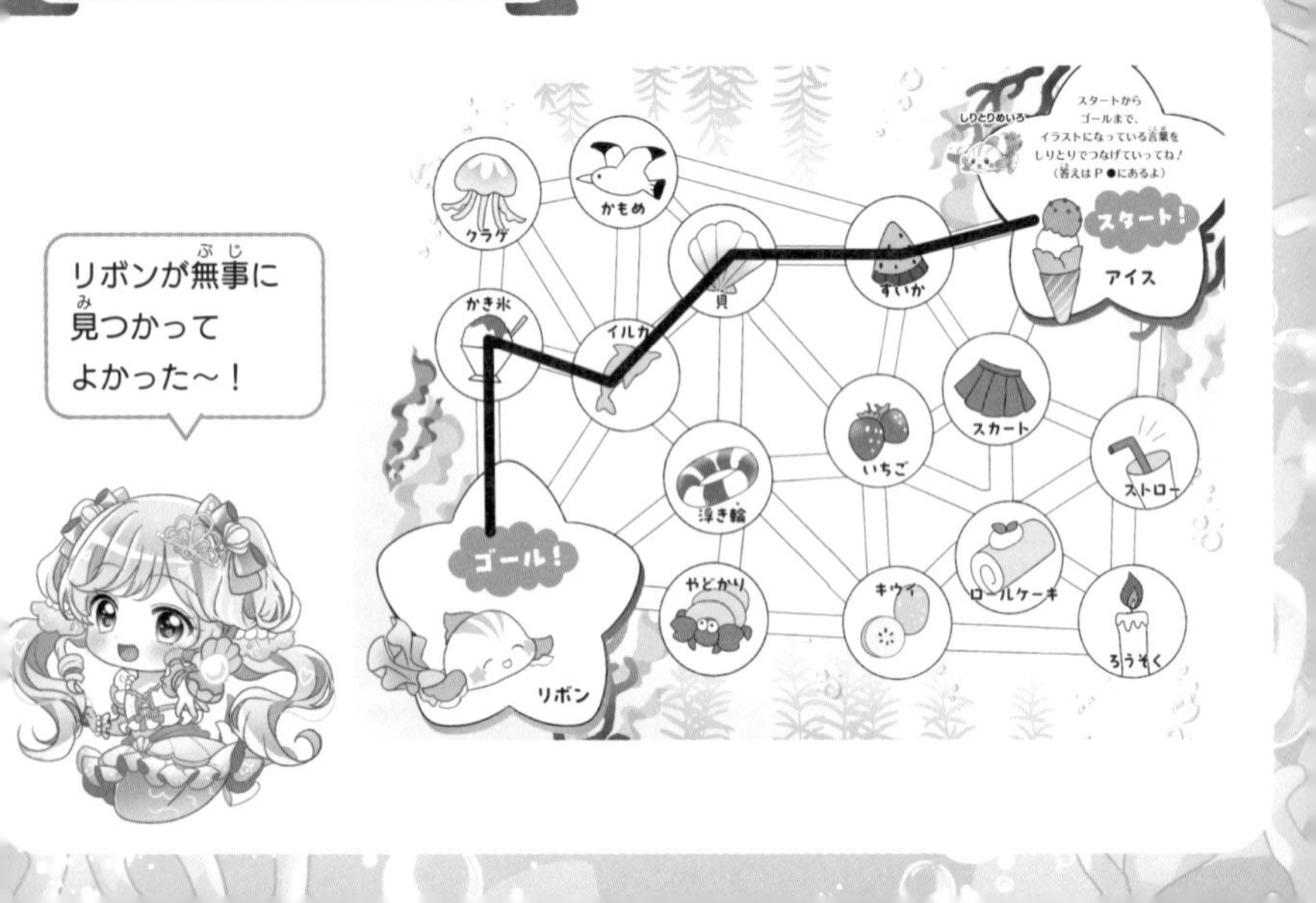

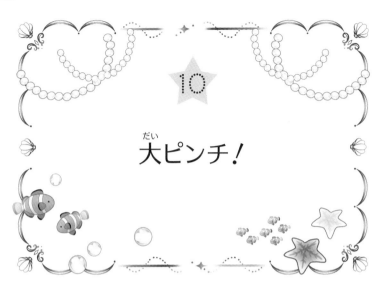

10

大《だい》ピンチ！

「ブ、ブラックシャーク!?」

ルカが聞《き》き返《かえ》すと、ララがあわてたように言《い》います。

「そう。凶暴《きょうぼう》なサメだから、近《ちか》づいたら食《た》べられちゃうかも！　はやく逃《に》げなきゃっ！」

ララはルカの手《て》をぎゅっとつかむと、いきおいよく泳《およ》ぎはじめました。

ルカも必死《ひっし》で尾《お》びれを動《うご》かしながら泳《およ》いで逃《に》げます。

★ミニクイズ50★　次《つぎ》の中《なか》で、食《た》べられない数字《すうじ》はどれ？　①15　②35　③74

だけどうしろをふりかえると、すぐそこまでブラックシャークが近《ちか》づいてきています。

まずいっ！　このままじゃおいつかれちゃうよ……！

すると、とつぜんふたりの前《まえ》に大《おお》きな岩《いわ》のかべが立《た》ちはだかって、逃《に》げ場《ば》をふさがれてしまいました。

「**ウソッ！　行《い》き止《ど》まり！**」

ルカとララは、あっというまにブ

ラックシャークに追《お》いつかれてしまいます。

黒々《くろぐろ》とした大《おお》きな体《からだ》のブラックシャークは、ララたちの前《まえ》で止《と》まると、ギロリと目《め》を光《ひか》らせます。

ルカは思《おも》わずララの手《て》をぎゅっとにぎりしめました。

「ど、どうしようっ！」

そういえば、サリーが今日《きょう》のバッドカラーは黒《くろ》だって言《い》ってたけど、ほんとにそのとおりだ！

ララがブラックシャークにむかって、うったえるように言《い》います。

「やめてっ。わたしたちはあなたの敵《てき》じゃないよ！」

だけどブラックシャークはとつぜんバッと大《おお》きな口《くち》をあけると、おそい

ミニクイズ50の答《こた》え ②35（いちご、サンゴ、なし…サンゴは食《た》べられないね！）

かかろうとしてきました。

も、もうダメだ……！

ルカが目《め》をつぶろうとしたしゅんかん、ララがとっさにルカとリボンの前《まえ》に立《た》ちます。

そして、右手《みぎて》をひらいて前《まえ》に出《だ》すと、くるくるとまわしながらじゅもんをとなえました。

「ルポピラパピラ！」

とたんにゴオオォッとうずが巻《ま》き起《お》こり、ブラックシャークがむこうへ吹《ふ》っ飛《と》んでいきます。

「わあっ！　すごい！」

★ミニクイズ51★　小《ちい》さいサメが空《そら》から降《ふ》ってきた！　これってどんな天気《てんき》？

ルカは思《おも》わず目《め》を見《み》ひらきました。

助《たす》かってほっとしたのと同時《どうじ》に、ララの魔法《まほう》が成功《せいこう》したことに感動《かんどう》してしまいます。

「やったぁ！　はじめてできた……！」

ララもうれしそうに声《こえ》をあげました。

「ララ、おめでとう！　うずしお成功《せいこう》したね！」

「うんっ」

ふたりは手《て》を取《と》り合《あ》ってよろこびます。

だけど、ブラックシャークはいっしゅんひるんだかと思《おも》えば、すぐにまた泳《およ》ぎはじめます。

ミニクイズ51の答《こた》え　小雨《こさめ》（こさめって読《よ》むよ！）

そして、ララたちのほうへといきおいよく引き返してきました。

「ええっ……！　ウソでしょっ!?」

しかも、さっきよりももっと速いスピードです。

「ど、どうしようっ！」

「もしかして、今ので怒らせちゃった!?」

ブラックシャークはあっというまにララたちを追いつめると、ふたたびおそいかかろうとしてきます。

そんなとき。

——ゴゴゴゴオォォォォッ！

とつぜんどこからか強力なうずしおが巻き起こり、ブラックシャークを

★ミニクイズ 52 ★　きれいな時は黒や緑で、よごれると白くなるものなんだ？

吹《ふ》き飛《と》ばしました。

「えっ？」

飛《と》ばされたブラックシャークは、しっぽを巻《ま》いて逃《に》げていきます。

ルカたちがハッとして横《よこ》をふり向《む》くと、そこにはなんとアンナ先生《せんせい》のすがたが。

「先生《せんせい》……！」

どうやらふたりのピンチに気《き》づいた先生《せんせい》が、魔法《まほう》で助《たす》けてくれたようでした。

「こら、ふたりともっ！　勝手《かって》にテストエリアの外《そと》に出《で》たらあぶないでしょうっ」

ミニクイズ52の答《こた》え　黒板《こくばん》

アンナ先生《せんせい》は眉《まゆ》をつりあげて注意《ちゅうい》します。

「すみませんっ」

「ご、ごめんなさい……！」

だけどふたりがあやまると、先生《せんせい》はとたんにやさしい顔《かお》になって。

「でも、ふたりともぶじでよかったわ。そして**ララ、先《さき》ほどのうずしおはお見事《みごと》でした。だいぶ上達《じょうたつ》しましたね**」

ララにむかってそう言《い》ったので、ララはおどろいたように目《め》を見《み》ひらきました。

「えっ、見《み》てたんですか!?」

「ええ。**あきらめずに立《た》ち向《む》かうすがた、とってもゆうかんでしたよ**」

★ミニクイズ53★ 先生《せんせい》は2つ持《も》ってるのに、生徒《せいと》は1つしか持《も》っていないものは？

先生《せんせい》にほめられて、ララはうれしそうにはにかみます。

「やったね！　ララ」

ルカがポンとララの肩《かた》をたたいたら、ララはルカに言《い》いました。

「今《いま》ね、**ルカたちのことを守《まも》らなきゃって思《おも》ったら、ふしぎと力《ちから》がわいてきたんだ**」

どうやらララの仲間《なかま》を思《おも》う気持《きも》ちが、魔法《まほう》を成功《せいこう》させたようです。

「よかった。リボンは見《み》つかったんだな」

そんなとき、アンナ先生《せんせい》のうしろから声《こえ》がしました。

だれかと思《おも》って見《み》てみたら、シオンとイブのすがたがありました。

「ふたりとも、来《き》てくれたの⁉」

ララがおどろいたように声《こえ》をかけると、イブが答《こた》えます。

「ララたちが急《きゅう》にいなくなったから、ぼくたちで先生《せんせい》を呼《よ》んできたんだ」

「そうだったんだ！　ありがとう」

「プク、プクプク……」

すると、そのときリボンが急《きゅう》にもぞもぞと動《うご》きはじめて……。

「どうしたの？　リボン」

ララがたずねたら、リボンはとつぜん胸《むな》びれにくるんでいたなにかをこちらに見《み》せました。

そこにはなんと、キラキラ光《ひか》る星《ほし》の指輪《ゆびわ》がふたつも。

「えぇっ！　もしかして、リボンが見《み》つけたの⁉」

★ミニクイズ54★　さかだちしたらとっても軽《かる》くなる生《い》きものはなに？

ララがたずねたら、リボンはほこらしげに「プクゥ！」と声《こえ》をあげます。

どうやらアクセサリーが大好《だいす》きなリボンは、いつのまにか指輪《ゆびわ》を見《み》つけていたみたいです。

「すごい！　もしかしてリボンが迷子《まいご》になったのは、指輪《ゆびわ》さがしに夢中《むちゅう》になっていたせい？」

ルカもおどろいていると、アンナ先生《せんせい》が感心《かんしん》したように言《い》いました。

「まぁ、よく見《み》つけましたね。ではとくべつにこれを、ララ&ルカペアと、

リボンさがしに協力《きょうりょく》してくれたシオン&イブペアのポイントにしましょう。

テストは合格《ごうかく》とします」

聞《き》いたとたん、ルカとララは飛《と》びあがってよろこびます。

「**やったぁ！**」

「**やったね！　ありがとう、リボン！**」

シオンとイブもうれしそうです。

そんなこんなで、思《おも》わぬかたちでテストにも合格《ごうかく》できて、うれしい一日《いちにち》となりました。

ミニクイズ54の答《こた》え　イルカ

11

約束《やくそく》のアイスクリーム

「それでは今《いま》からテストをします！」

プールサイドで先生《せんせい》がみんなに呼《よ》びかけます。

今日《きょう》は学校《がっこう》の泳《およ》ぎのテスト本番《ほんばん》。

これからひとりずつ、どこまで泳《およ》げるかをテストするのです。

ルカはとてもきんちょうしていましたが、気持《きも》ちを落《お》ちつかせるように胸《むね》に手《て》を当《あ》てました。

だいじょうぶかな……。

ううん、きっとできるよね。

ララも苦手《にがて》なうずしおの魔法《まほう》を成功《せいこう》させせたんだから。わたしだってがんばらなくちゃ！

しばらくするとルカのじゅんばんが来《き》て、プールに入《はい》ります。

——ピーッ！

そして先生《せんせい》の笛《ふえ》の合図《あいず》とともに、顔《かお》をつけて泳《およ》ぎはじめました。

ルカは必死《ひっし》で足《あし》をバタバタ動《うご》かします。

すると、だんだん人魚《にんぎょ》になっていたときの感覚《かんかく》を思《おも》い出《だ》し、海《うみ》の中《なか》にいるような気分《きぶん》になってきました。

★ミニクイズ55★ アップルはなにご？

あれ？　なんだか前《まえ》に進《すす》めてるような……。

わたし、泳《およ》げてるかも！

途中《とちゅう》で足《あし》がついてしまいましたが、**気《き》づけば10メートルほど進《すす》むことができていておどろきました。**

やったぁ！　はじめてここまで泳《およ》げた！

新記録《しんきろく》だよっ！

プールから上《あ》がると、先生《せんせい》が声《こえ》を

かけてきました。

「ルカ、この前《まえ》よりだいぶ泳《およ》げるようになったみたいですね。よくがんばりました」

どうやら先生《せんせい》も、ルカの成長《せいちょう》ぶりに気《き》がついてくれたようです。

「はいっ。ありがとうございます！」

ルカはうれしくなって、はやくララに報告《ほうこく》したいなと思《おも》いました。

・－☆－・－☆－・－☆－・

放課後《ほうかご》、ルカは桟橋《さんばし》の先《さき》でララのことを待《ま》っていました。

今日《きょう》ルカはプールのテストでしたが、ララも学園《がくえん》で魔法《まほう》のテストがあったようです。

ミニクイズ55の答《こた》え　りんご

終《お》わったら、ここで結果《けっか》を報告《ほうこく》しあおうと約束《やくそく》していたのでした。

どうか、ララもテストがうまくいっていますように……！

祈《いの》りながら待《ま》っていたら、とつぜんバシャンと水《みず》の音《おと》がしました。

見《み》ると、数《すう》メートル先《さき》の海面《かいめん》からララが顔《かお》を出《だ》し、手《て》をふっています。

「ルカ！」

「あっ、ララ！」

ルカが手《て》をふり返《かえ》すと、ララはルカの前《まえ》まで泳《およ》いできました。

そして、うれしそうな顔《かお》で言《い》います。

「ルカ、聞《き》いて！　**わたし、ついにうずしおのテストに合格《ごうかく》したよ！**」

聞《き》いたとたん、ルカはよろこんで声《こえ》をあげました。

「わぁっ、よかったね！」

「それでね、**ついにパールが赤《あか》になったの‼**」

ララがそう言《い》って、うれしそうに首元《くびもと》のネックレスを見《み》せてきます。

そこにはこの前《まえ》までの黄色《きいろ》ではなく、赤《あか》いパールがキラキラとかがやいていました。

「きゃあっ！　おめでとう、ララ‼」

思《おも》わずじぶんのことのようにうれしくなったルカは、ララの手《て》を取《と》りました。

「そうだ。ルカは泳《およ》ぎのテスト、どうだった？」

ララに聞《き》かれてルカは答《こた》えました。

★ミニクイズ 56★　おやつは３じ、ではいまはなんじ？

「それがね、**はじめて10メートル以上《いじょう》泳《およ》げて、先生《せんせい》にもほめられたんだ**」

「えっ、すごいじゃない！　よかったね、ルカ」

「ふふ。ララのおかげだよ」

ルカが言《い》うと、ララもうれしそうに笑《わら》います。

「じゃあ、今日《きょう》はふたりでお祝《いわ》いだね！」

「……そうだ！　ちょっとまってて」

そこでルカは、ふとあることを思《おも》いついて立《た》ちあがりました。

いそいで家《いえ》に帰《かえ》り、1階《かい》にあるドルフィンアイスへ寄《よ》ると、ママに声《こえ》をかけます。

「**ママ、あたらしい友《とも》だちができたの！**　うちのアイスをごちそうしても

ミニクイズ56の答《こた》え　にじ（おやつは3字《じ》、いまは2字《じ》）

いい？」

「あら、それはよかったわねぇ。もちろんオッケーよ」

そしてカップ入《い》りのアイスクリームをふたつ用意《ようい》すると、ふたたびララのもとへと戻《もど》りました。

「おまたせ！　約束《やくそく》のアイスクリームだよ！」

ルカとくせいのカラフルなパフェ風《ふう》アイスを見《み》せたら、ララが目《め》をかがやかせます。

「わぁっ、**これがアイスクリーム⁉　なんてかわいいの！**」

ふたりは桟橋《さんばし》に腰《こし》かけると、ならんでアイスを食《た》べはじめました。

ララに渡《わた》したのは、ルカのいちおし・パパの新作《しんさく》のカラフルマジック。

スプーンですくって口に入れたしゅんかん、ララが声をあげます。

「お、おいしい〜！　ほんとにつめたくて甘いのね！」

「ふふ。でしょ？」

「こんなにかわいくておいしいスイーツ、はじめて食べた！」

そんなふうに言ってもらえると、ルカもうれしくなります。

「**わたし、ルカに出会えてほんとうによかった**」

ララがルカの顔をじっと見つめます。

「**わたしも。ララと出会えたから、苦手なこともがんばろうって思えたんだよ**」

ルカがそう答えると、ララは笑顔で言いました。

★ミニクイズ57★　人間でもうろこを落としてしまうことがあるよ。どこから落ちる？

「ありがとう。わたしたち、これからもずーっと友《とも》だちでいようね！」

「うんっ。約束《やくそく》ね！」

ララと顔《かお》を見合《みあ》わせて笑《わら》いながら、ルカは思《おも》います。

――はじめてできた、とくべつな人魚《にんぎょ》の友《とも》だち。

泳《およ》ぐことのたのしさも、あきらめない気持《きも》ちの大切《たいせつ》さも、ララがおしえてくれたんだ。

はやくまた人魚《にんぎょ》になって、いっしょに海《うみ》の中《なか》を泳《およ》ぎたいな！

あのキラキラしたすてきな人魚《にんぎょ》の世界《せかい》を思《おも》いうかべるだけで、ルカは胸《むね》が高鳴《たかな》るのでした。

ミニクイズ57の答《こた》え　目《め》（「目《め》からうろこ」という言葉《ことば》があるんだ！）

★あそびかた★
しつもんに、
はいの場合《ばあい》は →
いいえの場合《ばあい》は →
をたどってすすんでね。

2つの診断《しんだん》であそぼう！

＼サリーの／
占《うらな》いルーム

＼まいにちできる♪／ ラッキーカラー診断《しんだん》

☆スタート☆

今日《きょう》は ハッピーな 気分《きぶん》! →	海《うみ》とひまわり、夏《なつ》にぴったり なのは ひまわりだ →	今日《きょう》は 友《とも》だちと あそぶ 予定《よてい》だ →	オレンジ
↓	↓	↓	
シチュー よりも カレーが 食《た》べたい →	いつもより おしゃれを したい気分《きぶん》だ →	じつはいま、なやみごとが ある →	みずいろ
↓	↓	↓	
ウミガメと アザラシなら、アザラシを 見《み》たい →	おやつは アイス クリームが いい →	出《で》かけるなら、ゆうえんち より 水《すい》ぞくかん →	ラベンダー
↓	↓	↓	
ブラウン	ピンク	シルバー	

さっそく
今日《きょう》の持《も》ちものに
とりいれてみて！

＼あなたはどのタイプ？／

マーメイド診断《しんだん》

☆スタート☆

人とおしゃべりするのが好《す》き

集中力《しゅうちゅうりょく》はあるほうだと思《おも》う

なにかはじめるときは先《さき》に計画《けいかく》を立《た》てる

なにごともまずはやってみないとわからない

人《ひと》にどう思《おも》われているか気《き》にするほうだ

たくさんの人《ひと》がいる時《とき》でもあまりきんちょうしない

自分《じぶん》の直感《ちょっかん》はどちらかというと当《あ》たるほうだ

ヒミツにしているとくぎがある

調《しら》べものは好《す》きorとくいなほうだ

A　B　C　D

A **月《つき》の**マーメイドタイプ

このタイプのあなたは、情熱《じょうねつ》を内《うち》にひめたこだわり屋さん。じつは仲《なか》よくなりたいと思《おも》っている人《ひと》がまわりにたくさんいるはず！

C **光《ひかり》の**マーメイドタイプ

このタイプのあなたは、やさしくて思《おも》いやりがある人《ひと》。親《した》しみやすくて自然《しぜん》と人《ひと》があつまってきちゃうこともおおいかも！

B **太陽《たいよう》の**マーメイドタイプ

このタイプのあなたは、明《あか》るくて元気《げんき》いっぱい！　行動力《こうどうりょく》があるから、リーダーに向《む》いているって思《おも》われることも!?

D **虹《にじ》の**マーメイドタイプ

このタイプのあなたは、かしこい優等生《ゆうとうせい》タイプ。なんでも計画的《けいかくてき》にがんばれる努力家《どりょくか》な一面《いちめん》は、きっとみんなのあこがれだよ♪

＼ララ＆ルカの／

なかよし★コーディネート！

夏《なつ》色《いろ》リボンのシャーベットコーデ

ララ
Rara

パールツインヘアピン

小《ちい》さめパールと大《おお》きめパールのヘアピンを、２本《ほん》づかいするのがポイント★

ふんわりレースの麦《むぎ》わらぼうし

しお風《かぜ》にゆれるふんわりぼうし。ガーリーなデザインが、ララにぴったりだよね♪

ルカの手《て》づくりブレスレット

白《しろ》い貝《かい》がらとミント色《いろ》のビーズを組《く》み合《あ》わせてつくったブレスレットだよ。

メロンシャーベットワンピース

メロンシャーベットをイメージしたさわやかなワンピースだよ。胸元《むなもと》とすそのシースルーで夏《なつ》らしく！

ビッグリボンかごバッグ

バッグはララの髪色《かみいろ》に合《あ》わせてピンクにしたよ。大《おお》きなリボンがアクセント！

シェルレースのサンダル

夏色《なついろ》リボンのサンダルで、いっしょに海辺《うみべ》をおさんぽしたいな♪

ララとルカが、それぞれの世界《せかい》でぴったりなお洋服《ようふく》やドレスを
お互《たが》いにえらび合《あ》ったよ！
ふたりのこだわりポイントにも注目《ちゅうもく》してね。

星《ほし》降《ふ》る夜《よる》のマーメイドコーデ

ヒトデのオーロラトップス

ロマンチックなデザインが、ルカに似合《にあ》うと思《おも》ったんだ。チョーカーと合《あ》わせておめかし度《ど》アップ！

シェルリボン

グラデーションがきれいな、ピンクシェルでリボンをとめたよ！おだんごヘアのルカもかわいいよね♪

スターナイト★グローブ

上品《じょうひん》なグローブで、ちょっぴり大人《おとな》っぽく。手首《てくび》にきらめく星《ほし》がポイント★

ルカ
Ruka

星空《ほしぞら》フレアスカート

トップスとおそろいのスカートで、ゆめかわコーデが完成《かんせい》★
裏地《うらじ》は星空《ほしぞら》になっているよ。

きらきらパールストラップ

きらきらパールとリボンのチャームが、コーデのアクセント！

＼ララ＆ルカの／
マーメイド★コレクション！

194

ララとルカが、大切にしているアイテムを持ってきたよ！
お話の中に登場するから、思い出しながらチェックしてね。

スターネックレスってなに？
クリスタル学園の生徒がつけるネックレスだよ。星型のチャームについたパールの色で生徒のランクが分かるんだ。ランクが上がるとパールの色が変わるよ。

ララの
スターネックレス
ララが落としたネックレスを、ルカがビーズでアレンジしたよ！

ルカの
スターネックレス
カラフルなサンゴや貝がらがとってもかわいいの。チェーンの部分は自分で好きにアレンジできるよ♪

ふたつのネックレス、アレンジのちがいがわかるかな？

ララのプリンセスティアラ
パールと宝石がついたキュートなティアラは、プリンセスのあかしなんだって！

星の指輪
キラキラ光る青い指輪。トレジャーテストでは、この指輪をみんなでさがしたよ。

貝がらのイヤリング
耳につけると人魚に変身できる魔法のアイテム。ララがまぼろしの人魚からゆずり受けたものだよ。

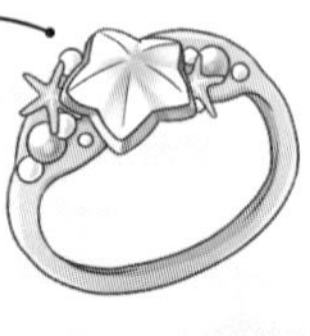

お手《て》紙《がみ》メモ＆封《ふう》筒《とう》

おうちの人《ひと》やお友達《ともだち》にお手紙《てがみ》を書《か》いてみよう。
てんせん（‐‐‐）で切《き》り取《と》って、つかってね！
お手紙《てがみ》は、直接《ちょくせつ》わたしてね。

RARA & RUKA

ぬりえ

好《す》きな色《いろ》でぬってね！

ぬりえは、ここからダウンロードもできるよ！
おうちの人《ひと》といっしょにチェックしてね☆

著 ✭ 青山そらら（あおやま そらら）

千葉県在住のＡ型。スイーツとかわいい文具が大好き。著書に『溺愛×ミッション!』シリーズ（スターツ出版）、『七瀬くん家の3兄弟』シリーズ（集英社）、『恋するワケあり♡シェアハウス』（PHP研究所）などがある。

絵 ✭ 子兎。（こうさぎ）

東京都在住。児童書や動画ライブ配信イラストを中心にイラストレーターやチャット小説作家としても活動。装画を担当した作品に、『ひみつの魔女フレンズ』『となりの魔女フレンズ』シリーズ（Gakken）、『メイクアップファンタジーぬりえ』（ブティック社）、『メイクアップぬりえBOOK ドリーミングハート』（東京書店）などがある。

ふたりはマーメイド
魔法のイヤリングで人魚に変身!?

2025年3月10日初版第1刷発行

著　者	✭	青山そらら　©Sorara Aoyama 2025
発行人	✭	菊地修一
イラスト	✭	子兎。
カバーデザイン	✭	齋藤知恵子
本文デザイン	✭	齋藤知恵子　久保田祐子
ＤＴＰ	✭	久保田祐子
企画編集	✭	野いちご書籍編集部
発行所	✭	スターツ出版株式会社
		〒104-0031 東京都中央区京橋1-3-1
		八重洲口大栄ビル7F
		TEL 03-6202-0386（出版マーケティンググループ）
		TEL 050-5538-5679（書店様向けご注文専用ダイヤル）
		https://starts-pub.jp/
印刷所	✭	中央精版印刷株式会社

Printed in Japan
ISBN 978-4-8137-9432-5 C8093

乱丁・落丁などの不良品はお取り替えいたします。上記出版マーケティンググループまでお問い合わせください。

本書を無断で複写することは、著作権法により禁じられています。

定価はカバーに記載されています。

対象年齢：小学校低～中学年

この物語はフィクションです。

実在の人物、団体等とは一切関係がありません。

・−✭−✭−✭−・

ファンレターのあて先

〒104-0031　東京都中央区京橋1-3-1 八重洲口大栄ビル7F
スターツ出版（株）書籍編集部 気付　青山そらら先生
いただいたお便りは編集部から先生におわたしいたします。